Rapunzels Kuss

Lilly-Grace Turner

Impressum:

Tempus Logus Verlag
2. Auflage Februar 2021
Copyright: © 2018 Lilly-Grace Turner, www.lillygraceturner.com
Tempus Logus Verlag Luzern, www.tempuslogus.ch
Cover: Juliane Schneeweiss, www.juliane-schneeweiss.com
Bildmaterial: © Depositphotos.com /voronin-76/malyuginphoto/oxanatravel
Gestaltung: BookDesigns, www.bookdesigns.de
Herstellung und Verlag: BoD – Books on Demand, Norderstedt
ISBN: 978-3752628302

Lilly-Grace Turner

Rapunzels Kuss

Tempus Logus Verlag

Vorwort

ür diese Geschichte ließ ich mich von Grimms Märchen „Rapunzel" inspirieren. Sie ist allerdings weder eine Neuinterpretation noch ist sie für Kinder geeignet.

Liebe Erwachsene, wenn ihr Fantasy mit einer Portion Erotik und einem Schuss Liebesgeschichte mögt, dann werdet ihr mit „Rapunzels Kuss" bestens unterhalten.

In diesem Sinne: Viel Spaß beim Lesen.

Eure Lilly-Grace Turner

Prolog

Zitternd verflochten sich ihre Hände über dem runden Bauch. Das Kind, das sie in sich trug, bewegte sich unter den gefalteten Händen, als suche es den ersten Kontakt zur Mutter. Ein Lächeln huschte über Rosmaries müdes Gesicht. Schon seit drei Nächten wanderte sie unruhig durch das Anwesen und fand keinen Schlaf. Es waren nicht die Bewegungen des Kindes, die sie zur Rastlosigkeit trieben, sondern das Versprechen, das sie einst abgegeben hatte, um zu bekommen, was sie sich am meisten wünschte: ihren Mann.

Rosmarie hielt vor dem Fenster inne und wagte einen Blick hinaus in den Garten der Nachbarin. Es war ein prächtiger Garten voller Blumen, Gemüse, Früchte und Kräuter.

„Kannst du nicht schlafen?"

Sie zuckte erschrocken zusammen.

„Was gibt es Interessantes zu sehen?", fragte ihr Mann und trat neben sie.

Rosmarie antwortete nicht. Ihre Kehle war wie zugeschnürt. Sie wollte und konnte ihm nicht von Hanna Gothel erzählen, von der Frau, die ihr geholfen hatte, ihn zu bekommen. Hanna, die ihr von dem magischen Feldsalat, den sie Rapunzel nannte, gegeben hatte. Rosmarie konnte von hier aus das Gewächs nicht sehen, aber sie wusste, wo es sich befand. Schließlich war sie schon mehr als einmal in diesem Garten gewesen.

„Es ist eine Schande, wie sie ihn verwildern lässt", meinte Georg kopfschüttelnd.

Rosmarie schwieg und starrte weiter hinaus. Der Garten war wie Hanna Gothel selbst: geheimnisvoll, schön und wild. Sie erinnerte sich an ihre erste Begegnung mit Hanna. Es war auf dem Markt gewesen. Damals hieß sie noch Rosmarie Scholler, war aber bereits unsterblich in Georg Richter verliebt – einen Mann aus reichem Haus, gut aussehend, charmant und für sie unerreichbar. Denn er war bereits mit der wunderschönen Sophie verlobt. Mit ihr war er an ihr vorbeiflaniert, ohne Rosmarie auch nur eines Blickes zu würdigen. Dabei war sie durchaus einen Blick wert. Sie hatte langes, goldenes Haar und blaue Augen, einen hübschen Schmollmund und eine grazile Figur.

Hanna Gothel war Rosmaries schmachtender Blick allerdings nicht entgangen.

„Ein stattlicher Bursche, dieser Georg", hatte sie gesagt, was Rosmarie mit einem Nicken bestätigte. Mit einem tiefen Seufzer hatte sie geantwortet: „Und vergeben."

Da hatte Hanna gelächelt. „Das hat nichts zu bedeuten. Eine kleine Laune seinerseits."

Rosmarie hatte die große Frau mit dem schwarzen Haar und den durchdringenden grauen Augen angesehen. „Sie sind verlobt!"

Hanna Gothel hatte gelacht: „Und wenn schon."

„Rosmarie?" Ihr Mann berührte sanft ihren Unterarm und riss sie damit aus ihren Gedanken. „Was ist los?"

„Ich habe mich gerade daran erinnert, wie wir uns zum ersten Mal begegnet sind." Sie lächelte, aber es fühlte sich unecht und verkrampft an. Georg schien es jedoch nicht zu bemerken, denn er erwiderte ihr Lächeln unbeschwert.

„Es hat geschneit, und du bist ausgerutscht und vor meine Kutsche gefallen. Lasse konnte gerade noch rechtzeitig die Pferde anhalten."

Hanna hat mich gestoßen, ich bin nicht ausgerutscht. Du konntest es nicht sehen, weil du mit Sophie geredet hast, aber Hanna hat es mit dem Kutscher Lasse vorher besprochen. Ich war keinen Augenblick in Gefahr, aber das wusste ich nicht, als sie mich stieß. Der Schreck sollte echt sein.

„Als ich dich gesehen habe, war ich wie verzaubert. Dein goldenes Haar ist dir in weichen Wellen über die Schultern geflossen, und deine wunderschönen, veilchenfarbenen Augen waren vor Schreck geweitet. Ich habe mich sofort in dich verliebt. Obwohl …" Er geriet ins Stocken. Die Auflösung der Verlobung war ein Skandal gewesen, seine und Sophies Eltern waren außer sich. Bis heute war Rosmarie von ihren Schwiegereltern nur geduldet, aber nicht richtig in die Familie aufgenommen worden.

Georg schüttelte sich, als wolle er die unangenehmen Erinnerungen der Streitigkeiten aus seinem Gedächtnis tilgen. „Rosmarie, wir waren von Anfang an füreinander bestimmt. Das habe ich intensiv gespürt, als ich dir aufhalf. Die Liebe in meinem Herzen war entbrannt, und ich konnte nur noch an dich denken. Es muss Gott selbst gewesen sein, der seine Finger im Spiel hatte." Er streichelte zärtlich über ihren Bauch. Spürte die Bewegung des Kindes und strahlte über das ganze Gesicht. „Und bald sind wir eine richtige Familie."

Ein kalter Schauer jagte Rosmarie den Rücken hinunter. Wenn Georg erfahren würde, dass er nur deshalb in sie vernarrt war, weil sie jeden Tag ein Blatt von den Rapunzeln aß und ihr erstes Kind der Hexe versprechen musste, würde er sie hassen.

Drei Tage später setzten die Wehen ein, gerade, als Rosmarie bei Hanna Gothel war, um ein weiteres Blatt von den verzauberten Rapunzeln zu essen. Sie ließ es sich auf der Zunge zergehen. Genoss den feinen Nussgeschmack, der sich erst in Beere wandelte und schließlich, wenn das Blatt vollständig aufgelöst war, im Mund eine wundervolle Note von Vanille hinterließ. Rosmarie konnte sich nicht erinnern, jemals etwas so Köstliches gegessen zu haben.

Genüsslich hatte sie ihre Augen geschlossen, als ein Schmerzensblitz durch ihren Unterleib jagte. Sie zuckte zusammen, verzog das Gesicht und legte besorgt die Hände auf ihren Bauch.

„Dein Kind will auf die Welt kommen", sagte Hanna Gothel lächelnd.

Rosmarie wollte aufstehen, um nach Hause zu gehen, aber die Frau hielt sie zurück. „Du bleibst hier!"

„Mein Mann …"

„Er wird nur einen Leichnam sehen", fiel ihr Hanna harsch ins Wort.

„Oh bitte nicht! Warum kann ich dir nicht einfach Goldstücke geben?" Eine erneute Wehe ließ Rosmarie sich nach vorne zusammenkrümmen.

„Gold habe ich genug", sagte Hanna. Sie half der werdenden Mutter, die sich nur widerwillig führen ließ, ins Schlafzimmer.

„Aber man kann nie genug davon haben", meinte Rosmarie unter Tränen.

„Leg dich hin", befahl Hanna.

Rosmarie gehorchte. Die Schmerzen waren zu stark, um sich gegen die Hexe zur Wehr zu setzen.

„Bitte! Lass mir das Kind! Es wird Georg das Herz brechen", flehte sie.

„Er wird es verkraften", erwiderte Hanna Gothel mit eisiger Kälte in der Stimme. „Du kannst wieder schwanger werden."

„Aber du bist so jung, du kannst doch auch selbst noch Kinder bekommen", versuchte Rosmarie zu argumentieren.

Hanna schob ihr energisch ein Kissen in den Rücken, sodass sie im Bett sitzen konnte. „Nein, das kann ich nicht mehr." Die Hexe raffte Rosmaries Röcke vorn hoch, um sie gleich darauf ihrer Beinkleider zu entledigen.

Trotz der Schmerzen entging Rosmarie nicht, dass Hanna *nicht mehr* gesagt hatte.

„Du hast bereits Kinder?"

„Meine Tochter ist gestorben, und jetzt schweig! Wir haben eine Abmachung. Ich habe meine erfüllt, nun ist es an dir, die deine zu erfüllen."

Rosmarie heulte laut auf, als sie in die kaltherzigen Augen der Hexe blickte, aber auch vor Schmerzen, weil eine weitere Wehe durch ihren Unterleib schoss.

Hanna Gothel bereitete warmes Wasser und Tücher vor. Als sie ein Messer zu den Tüchern legte, weiteten sich Rosmaries Augen.

„Willst du mein Kind dem Leibhaftigen opfern?"

Hanna Gothel kicherte. „Sei nicht albern. Ich habe nichts mit dem Beelzebub zu schaffen. Damit durchtrenne ich die Nabelschnur."

„Aber warum willst du mein Kind so sehr?", fragte Rosmarie. Schweiß stand ihr auf der Stirn.

Hanna trocknete ihn ihr ab. „Ich werde es aufziehen wie mein eigenes."

Zum ersten Mal erkannte Rosmarie in Hannas Augen so etwas wie Gefühle und Freude. Und noch einmal sah sie diesen versonnen lieblichen Ausdruck in deren Gesicht, als sie das Neugeborene in den Armen hielt.

„Es ist ein Mädchen", flüsterte Hanna und hatte sogar Tränen der Glückseligkeit in den Augen, während Rosmarie vor Kummer weinte.

„Bitte, lass sie mich nur kurz halten", bat sie.

„Nein, besser nicht. Das macht alles nur noch schwerer für dich." Hanna wickelte das Neugeborene in saubere Tücher ein.

„Lasse!", rief sie dann. „Bring den Säugling."

Rosmaries Kehle schnürte sich zu, als der große, kräftige Mann durch die Tür trat und sie in ihm den Kutscher ihres Mannes erkannte.

„Du?", fragte sie krächzend.

Er streckte ihr ein Bündel hin, ohne etwas zu sagen. Verunsichert nahm sie es entgegen. Rosmarie schrie einen spitzen Schrei aus, als sie den kleinen Leichnam erblickte.

„Das wirst du deinem Mann zeigen", wies Hanna sie streng an.

Rosmarie nickte schluchzend.

„Du wirst ein weiteres Kind zur Welt bringen, das verspreche ich dir. Du bist eine gesunde Frau mit einem gebärfreudigen Becken."

Rosmarie presste ihre Lippen zusammen. Ihre Trauer wandelte sich in Wut. „Woher willst du das wissen, du verfluchte Hexe!"

Frau Gothel lächelte nachsichtig. „Wie du selbst sagst. Ich bin eine Hexe." An Lasse gewandt sprach sie: „Hier, nimm die Kleine. Fahr mit ihr in unser neues Zuhause. Ich werde in ein paar Tagen folgen."

Rosmaries Wut verpuffte. „Du ... du gehst weg?"

„Es ist für alle besser so", erwiderte Hanna.

„Und was ist mit den Rapunzeln? Wird mein Mann mich auch noch lieben, wenn ich sie nicht jeden Tag zu mir nehme?"

„Georg braucht keinen Zauber mehr", sagte Hanna. „Er liebt dich aufrichtig."

1. Kapitel

*H*anna Gothel war so glücklich wie schon lange nicht mehr. Ihr Herz platzte beinahe vor Zuneigung für das kleine blonde Geschöpf, das bei ihr aufwuchs. Mit Diana konnte sie wieder die Schönheiten der Welt entdecken. Dinge, die sie nicht mehr wahrgenommen hatte nach all den Jahren. Lasse schien es ähnlich zu gehen. Ihr treuer, manchmal etwas grummeliger Freund hatte gelacht, als Diana ihre ersten Gehversuche machte, und mit ihr geweint vor Freude, als sie tatsächlich laufen konnte. Sie waren sich in die Arme gefallen, und Hanna hatte zum ersten Mal bemerkt, wie gut er roch. Nach Leder und Tannennadeln, und dann war da noch etwas Animalisches. Schnell hatte sie sich aus seiner Umarmung gelöst. Die Liebe zu einem Mann war nichts für sie, das hatte sie ihm schon vor Jahren gesagt, und er hatte es immer akzeptiert. Genauso wie sie ihn und sein Geheimnis akzeptierte.

„Sieh uns an", hatte sie verlegen gelacht. „Was sind wir für eine merkwürdige kleine Familie."

Er hatte gegrinst, und seine dunklen Augen hatten gestrahlt. „Ist es nicht gerade das Unvollkommene, das so schön und vertraut ist?"

Jetzt, wo sie draußen vor dem Haus die Herbstsonne genossen und Diana zusahen, wie sie mit den Kätzchen spielte, dachte sie wieder an diese Worte. Ja, sie waren eine merkwürdige kleine Familie. Diana nannte sie Mutter, und Lasse war ihr Vater. Hanna hatte das Mädchen nie über die Wahrheit aufgeklärt, aber sie würde es tun müssen – in ein paar Jahren, jetzt noch nicht. Mit zwölf Jahren war Diana noch zu jung dafür, aber mit sechzehn musste sie es erfahren. Na ja, nicht die ganze Wahrheit, aber einen Teil davon, etwas zurechtgebogen, damit es seinen Zweck erfüllte.

Lasse erhob sich von der Holzbank, die vor dem Fachwerkhaus stand. Er war ein Riese und sehr kräftig. „War dein Vater ein Bär?", neckte Diana ihn oft. Und er scherzte zurück: „Ja, und meine Mutter war eine Wölfin."

„Ich gehe uns ein paar Pfifferlinge suchen", sagte Lasse.

Diana hörte seine Worte und sprang sofort auf: „Darf ich mitkommen? Bitteee!" Sie sah aber nicht Lasse an, sondern Hanna, denn sie war es immer, die das letzte Wort hatte.

„Nur, wenn du auf das hörst, was dein Vater dir sagt, Rapunzel." Sie sprach das Mädchen fast nie mit ihrem richtigen Namen an. Schon als Diana ein Säugling war, nannte Hanna sie Rapunzel – ohne genau zu wissen, warum. Vielleicht lag es daran, weil es die Magie der Rapunzeln gewesen war, die ihr zu dem Kind verholfen hatte.

„Mach ich", versprach Diana. Wie, um ihre Worte zu unterstreichen, ergriff sie Lasses Hand. Ihre eigene kleine verschwand darin fast.

Hanna sah den beiden nach, als sie in den Wald verschwanden, der rund um ihr Haus lag wie ein schützender Wall. Das Haus war schon alt. Einst gehörte es einer alten Frau, die jahrelang mit ihrem Mann hier gelebt hatte. Als er starb, wollte sie nicht länger alleine so weit draußen wohnen und hatte es deshalb verkauft. Nach all den Jahren in der Stadt empfand Hanna die Ruhe des Waldes als wohltuend.

Diana hüpfte fröhlich vor Lasse her und summte eine Melodie, die sie selbst erfunden hatte. Sie streifte gerne durch den Wald. Sie mochte den Geruch von feuchter Erde, Tannennadeln und Holz, der in der Luft lag. Als ein Eichhörnchen vor ihren Füßen vorbeiflitzte, blieb sie entzückt stehen. Das kleine Tierchen trug eine

Eichel im Mund und kletterte damit auf einen der Bäume. Es ließ es sich aber nicht nehmen, kurz innezuhalten und das Mädchen mit dem hüftlangen, goldenen Haar neugierig anzuschauen.

„Sogar die Tiere sind von deiner Schönheit verzaubert", sagte Lasse sanft. Seine Stimme war angenehm tief und immer ruhig. Er erhob sie nur, wenn Diana nach mehrmaligem Ermahnen nicht gehorchen wollte und ihre Grenzen auszuloten versuchte.

„Papa, du übertreibst", lachte das Kind.

„Was hältst du davon, wenn du die Pfifferlinge sammelst und ich uns ein Wild erlege?"

Diana nickte. „Darf ich dir zusehen, wie du ... wie du dich verwandelst?", fragte sie.

Lasse seufzte.

„Bitte, es ist gruselig, aber auch so faszinierend. Wie in den Geschichten." Seit Diana lesen konnte, steckte ihre Nase meistens in einem Buch. Sie liebte romantische Geschichten mit Magie und Fabelwesen.

„Na schön. Du wartest hier auf mich, bis ich zurück bin, versprochen?"

„Versprochen!"

Lasse zog sich aus. Die Kleider legte er in einem Bündel unter den Baum.

Diana faltete die Hände vor der Brust wie zum Gebet. Eine Gänsehaut überzog ihre Arme, als Lasses Körper sich krümmte. Ein Grollen kam aus seiner Kehle. Seine Haut schien aufzureißen, doch statt Blut und Fleisch kam darunter Fell zum Vorschein. Das Mädchen hatte die Verwandlung bereits drei, vier Mal gesehen, aber für sie war es jedes Mal wieder erschreckend und wunderschön zugleich. Wenn aus Lasse ein Wolf wurde, dann konnte er nicht mehr sprechen. Nur noch bellen und knurren und noch böser schauen, als er es als Mensch konnte. Es war nicht ganz gelogen, wenn er sagte, seine Mutter sei eine Wölfin gewesen, denn in der Tat konnte auch sie sich verwandeln. Diana hatte ihn schon öfter gefragt, ob er sich auch in einen Bären wandeln konnte, aber er schüttelte dann immer nur lachend den Kopf und sagte: „So was gibt es doch nicht, Kleines."

Das verstand das Mädchen nie so richtig und krauste jedes Mal irritiert die Stirn.

Lasse, der Wolf, drehte sich zu ihr um, sah sie mahnend an.

„Ich werde hier warten", versicherte sie erneut. Damit schien er sich zufriedenzugeben und rannte aus der Lichtung hinein in das Dickicht.

Wie versprochen, sammelte Diana die Pilze und legte sie in ein Tuch, das sie sorgfältig zusammenband. Sie brauchte dafür nicht besonders lange, und weil ihr langweilig war, streifte sie etwas umher, immer darauf bedacht, sich nicht allzu weit von der Lichtung zu entfernen. Sie hielt ihre Ohren gespitzt, um schnell wieder zurückzugehen, wenn Lasse mit der Jagd fertig war.

Doch der war schnell vergessen, als sie eine Stimme vernahm. Eine weiche, kindliche Stimme. Neugierig bewegte sie sich darauf zu und entdeckte einen Jungen, der vor einem Eichhörnchen am Boden kauerte und dem Tierchen eine Walnuss entgegenstreckte. Er trug eine schwarze Hose und ein braunes Wams, darunter ein weißes Hemd. Sein dunkles Haar war verstrubbelt, und ein Blatt hing darin. Am Boden lagen ein Bogen und der dazugehörige Köcher mit Pfeilen.

Diana sah mit einem Lächeln zu, wie der Junge sich vorsichtig dem Eichhörnchen näherte, indem er recht umständlich in der Hocke einen Schritt nach vorne machte, dabei seinen Rücken noch etwas durchstreckte und flüsterte: „Nimm. Ich tue dir nichts." Kaum hatte er die Worte ausgesprochen, verlor er das Gleichgewicht und fiel nach vorne. Das Eichhörnchen piepste erschrocken auf.

Blitzschnell sauste es zu einem Baum und kletterte geschickt daran empor.

Diana brach in Gelächter aus. Die Szene hatte einfach so lustig ausgesehen, dass sie nicht anders konnte.

Der Junge rappelte sich auf. Er klopfte sich Erde, Tannennadeln und Blätter aus den Kleidern. Das eine Blatt im Haar bemerkte er noch immer nicht. Er lächelte verlegen.

Diana fand sein Lächeln unglaublich schön, und seine tintenblauen Augen strahlten eine Wärme aus, der sie sich nicht entziehen konnte. Sie hatte im Dorf schon ein paar Mal andere Jungen gesehen, aber die waren nicht so wie dieser, das erkannte sie sofort. Außerdem schien er aus gutem Hause zu sein. Das verrieten ihr seine Kleidung und der lange Gürtel, den er um die Taille trug.

„Bist du auf der Jagd?", fragte Diana und deutete mit dem Zeigefinger auf den Bogen.

„Ähm, ja, eigentlich schon", erwiderte der Junge. „Aber sie bereitet mir nicht so viel Vergnügen. Und du? Was machst du hier?"

„Ich sammle Pfifferlinge, während mein Vater auf der Jagd ist." Diana setzte sich auf den Waldboden. Der Knabe tat es ihr gleich. Nur eine Armeslänge trennte sie voneinander.

„Warum findest du keinen Gefallen an der Jagd?", wollte Diana wissen.

Er zuckte mit den Schultern. „Ich möchte lieber was anderes machen."

„Eichhörnchen füttern?" Diana schenkte ihm ein süßes Lächeln. Er war wirklich anders als die groben Jungen im Dorf. Seine Stimme war ruhig, und irgendwie schien er älter zu sein, als er aussah.

„Du machst dich über mich lustig?" Er kniff seine Augen zusammen und musterte sie eingehend.

„Nein, gar nicht", sagte Diana schnell. „Im Gegenteil. Ich möchte wirklich wissen, was du lieber tun würdest."

Der Junge lächelte gelöst. „Einfach ein bisschen durch den Wald streifen, vielleicht eine Hütte bauen. Vor ein paar Jahren haben mein Freund, mein Bruder und ich eine gebaut. Das war erheiternd."

Diana hatte noch nie eine Hütte gebaut, aber es klang wirklich nach viel Vergnügen, besonders, als der Junge eingehend erklärte, was sie genau gemacht hatten. Als sie ihm sagte, sie hätte selbst noch nie eine Hütte erbaut, geschweige denn mit anderen Kindern gespielt, sah er sie mitleidig an.

„Das ist ja noch schlimmer als bei mir zu Hause", sagte er. „Mein Bruder und ich durften früher viel spielen, auch mit anderen Kindern, aber jetzt haben wir ständig Unterricht." Er verzog sein Gesicht. „Wir müssen Sprachen lernen, Rechnen, Lesen und wie man mit dem Bogen schießt und ein Schwert hält."

Diana drehte eine ihrer Haarsträhnen auf dem Finger auf. „Das klingt doch interessant."

„Ach … es geht so."

Sie sahen einander in die Augen, während sich Stille über sie hinabsenkte. Diana hatte das Gefühl, in ihrem Bauch würden unzählige Schmetterlinge fliegen. Verlegen begann sie, sich mit den Händen durch das Haar zu streichen, während der Junge sich räusperte, als wolle er etwas sagen, aber dann doch schwieg.

Es war schließlich Diana, welche die Stille brach. „Wohnst du hier in der Nähe?"

„Nein, wir sind bei meinem Onkel zu Besuch", erwiderte der Junge. „Er ist schon ziemlich alt und cholerisch, aber mein Vater kann ihn trotzdem gut leiden." Er lachte.

Diana beugte sich vor und zupfte ihm das Blatt aus dem Haar. „Wie heißt du eigentlich?", fragte sie ihn.

Er wollte ihr gerade antworten, als Lasses Ruf erklang: „Diana!" Erschrocken sprang das Mädchen auf.

„Dein Vater?", fragte der Junge.

Diana nickte. „Ich muss …"

„Da bist du!" Lasse tauchte zwischen den Bäumen auf. Er sah Diana vorwurfsvoll an. „Du hast versprochen, auf der Lichtung zu bleiben."

Sie senkte schuldbewusst den Kopf. „Tut mir leid."

Dann sah Lasse den Jungen an. „Was machst du hier?", fragte er ruppig.

Für einen kurzen Moment schien der Angesprochene eingeschüchtert zu sein, dann aber stand er auf, streckte seinen Rücken durch und sein Kinn vor. „Ich erkunde den Wald." Er sagte es mit einem dramatischen Ernst.

Lasse lachte. „Pass besser auf, dass du dich nicht verläufst oder von einem Wolf gefressen wirst."

„Ich bin bewaffnet." Der Bursche deutete auf seinen Bogen, der immer noch am Boden lag.

„Viel Glück damit", meinte Lasse leichthin, und an Diana gewandt sprach er: „Höchste Zeit, dass wir nach Hause gehen."

Diana hätte den Jungen so gerne noch mal nach seinem Namen gefragt, aber ihr Vater ließ ihr keine Gelegenheit dazu. Er gab ihr einen sanften Schubs, damit sie sich in Bewegung setzte. Sie konnte nur noch einen letzten Blick über ihre Schulter werfen. Einen sehnsüchtigen Blick, den der fremde Knabe erwiderte. Nie würde sie ihn vergessen, diesen Jungen ohne Namen mit den schönsten blauen Augen und dem noch viel schöneren Lächeln.

2. Kapitel

„Es war bloß ein harmloser Junge", sagte Lasse und weidete den Hirsch aus, den er im Wald erlegt hatte.

Hanna Gothel tigerte im Kreis um ihn und das tote Tier herum. „Und er war ganz alleine im Wald?" Die Arme vor der Brust verschränkt, blieb sie stehen.

„Vermutlich gehörte er zu den Jägern, die ich einige Kilometer in der Ferne gesehen habe", meinte Lasse schulterzuckend. „Du weißt, dass Jagdzeit ist."

Hanna nickte langsam. Ihre Augen hatten einen glasigen und gleichzeitig besorgten Ausdruck angenommen.

„Wir haben den Acranum-Orden weit hinter uns gelassen. Die Spuren verwischt. Mach dir keinen Kopf deswegen."

Hanna biss sich auf die Unterlippe. Lasse konnte sie lesen wie ein offenes Buch. „Vielleicht sollte ich Rapunzel trotzdem warnen", überlegte sie laut.

„Sie ist noch zu jung dafür. Das hast du selbst gesagt." Lasse erhob sich und wusch sich die Hände in einem Eimer mit Wasser, ehe er zu Hanna herantrat und sie ihr liebevoll an die Oberarme legte. „Wenn du ihr von dem Orden erzählst, musst du ihr auch sagen, was sie ist."

Hanna seufzte. Wegen seiner Worte, aber auch wegen seiner Berührung. In letzter Zeit nutzte er jede Gelegenheit dazu. Sie hatte schon immer gewusst, dass er in sie verliebt war. Warum sonst wäre ein Mann so lange an ihrer Seite geblieben? Ganz unattraktiv war Lasse nicht. Er war von einer rauen, faszinierenden Art. Beinahe so faszinierend wie sein Bruder, aber an ihn wollte Hanna nicht denken. Er bedeutete Ärger und vor allem auch Schmerz. Damit hatte sie abgeschlossen. Sie richtete ihre Aufmerksamkeit wieder auf Lasse und dessen gute Eigenschaften. Dennoch war sie nicht in ihn verliebt. Sie mochte ihn, und er war nützlich als Beschützer. Hier und da dachte sie daran, ihn zu verführen und sich die kräftige Energie, die von ihm ausging, einzuverleiben. Der Gedanke war viel verlockender, als sich in ihn zu verlieben. Hanna fragte sich, was sie tun würde, wenn er ihr eines Tages eröffnete, er würde sie verlassen. Es war keine abwegige Überlegung. Männer verliebten sich gerne und schnell in sie, aber mit Lasse verhielt es sich anders. Sie beide verband eine Geschichte. Sie hatten einander vor Jahren das Leben gerettet, und Lasse hatte nie versucht, sie zu küssen, abgesehen von dem einen Mal, aber das war auch eine besondere Situation gewesen. In all den Jahren hatte er ihr nie seine Gefühle gestanden. Vielleicht, weil er ihre Vergangenheit kannte. Vielleicht aber auch, weil er wusste, dass sie, selbst wenn sie seine Liebe erwidern würde, keine normale Beziehung führen könnten – jedenfalls nicht, was das Körperliche betraf.

„Warum bist du immer noch hier?", platzte es aus Hanna heraus.

Einen Augenblick lang sah Lasse sie irritiert an. Dann schien er zu verstehen. „Du weißt, warum."

„Und du weißt, dass ich dir nicht geben kann, was du dir wünschst, und du weißt auch, dass ich nicht auf die gleiche Art für dich empfinde."

Lasse trat einen Schritt von ihr zurück. „Ja, weil du dein Herz mit einer dicken Schicht Eis ummantelt hast."

Hanna lachte schallend auf. „Was für ein Unsinn!"

„Stimmt, es gibt ein kleines Loch in der Eisschicht, und daraus entweicht etwas Liebe für Diana." Lasse drehte ihr demonstrativ den Rücken zu und widmete sich wieder dem Hirsch. „Und was willst du nun wegen des Burschen und Diana machen?"

Hanna verzog ihren Mund zu einem grimmigen Lächeln. So war es schon immer zwischen ihnen gewesen. Einer von ihnen fand immer den Ausweg aus einem emotionalen Gespräch heraus.

„Nichts, aber in Zukunft lässt du sie nicht mehr alleine." Mit diesen Worten ließ sie ihn stehen.

Lasse schalt sich selbst einen Narren, als er ironischerweise das Herz des Hirsches entfernte. Einen Narren der Liebe, der bei einer Frau blieb, die ihm gerade ins Gesicht gesagt hatte, dass sie nicht auf die gleiche Weise für ihn empfand wie er für sie. Ein Narr war er, weil er immer noch nicht, selbst nach ihren Worten, daran glaubte. Er dachte an den Tag, an dem er sie kennengelernt hatte. Er war zur Hochzeit seines älteren Bruders eingeladen. In der Kindheit waren sie beide unzertrennlich gewesen, aber dann, als sie älter wurden, trennten sich ihre Wege. Sein Bruder fühlte sich von der Kirche angezogen. Irgendwann begann er, Lasse und auch der Mutter davon zu predigen, wie schändlich es wäre, sich der Tiergestalt hinzugeben. Lasse liebte seinen Bruder, aber er mochte nicht mit ansehen, was die Kirche aus ihm drohte zu machen, also ging er. Ja, er war feige gewesen, als er seine Mutter, die vor drei Jahren ihren Mann verloren hatte, mit dem Bruder alleine ließ. Er hatte nie von sich behauptet, mutig zu sein. Also ging er in die Welt hinaus und schrieb seiner Familie. Über ein Jahr lang hörte er nichts von ihnen, dann aber begann sein Bruder, auf seine Briefe zu antworten. Er erwähnte die Kirche mit keinem Wort mehr, und als schließlich die Einladung zur Hochzeit kam, war Lasse erleichtert. Sofort reiste er zurück nach Hause. Er wollte sich das Fest nicht entgehen lassen. Außerdem war er auf die Frau gespannt, die seinen Bruder die Kirche hatte vergessen lassen. Sie musste etwas Besonderes sein.

Hanna Gothel war wunderschön, charmant und witzig, und ehe er sichs versah, hatte er sich in die Frau seines Bruders verliebt. Er blieb nach dem Hochzeitsfest. Sagte, er hätte die Familie so sehr vermisst, und zog in sein altes Zimmer ein. Wie der Junge von damals, so träumte er sich auch jetzt die Welt anders. Er malte sich aus, wie Hanna sich in ihn verliebte und ihn heiratete. Er träumte davon, ihren kirschroten Schmollmund zu küssen. Und wann immer er die Gelegenheit hatte, sie zu sehen, war er sich sicher, in ihren Augen ein Funkeln zu erkennen, das wie ein Versprechen war, dass sie eines Tages die Seine wäre.

Er verzehrte sich nach Hanna, und als sein Bruder eröffnete, er müsse geschäftlich für ein paar Wochen weg, da schlug sein Herz schneller.

„Bitte kümmere dich um sie", bat sein Bruder ihn.

Lasse erklärte sich gerne bereit. Er erkannte die Gunst der Stunde Hanna für sich zu gewinnen, doch als sein Bruder anfügte: „Sie trägt unser Kind unter dem Herzen", brachen all seine Träume wie ein Kartenhaus in sich zusammen.

„Hanna ist schwanger?"

Sein Bruder strahlte glücklich über das ganze Gesicht. Lasse durchströmten unterschiedliche Empfindungen: Scham, weil er seinem Bruder die Frau stehlen wollte, Neid, weil nun das Glück des anderen vollkommen war, und ... Trauer.

Die Gefühle, die Lasse nun, in der Gegenwart, fluteten, waren jenen von damals gar nicht so unähnlich. Eine Empfindung kam jedoch hinzu: Schuld.

Er hatte als Beschützer auf ganzer Linie versagt.

3. Kapitel

*D*ie ersten Sonnenstrahlen kitzelten Diana sanft aus dem Schlaf. Ihre Augenlider flatterten. Krampfhaft versuchte sie, an dem wunderschönen, heiß-feuchten Traum festzuhalten, der bereits verblasste wie das Muster auf einem hundertjährigen Wandteppich. Sie wollte nicht aufwachen, sie wollte in dem Traum bleiben – für immer.

Diana öffnete ihre vollen, kirschroten Lippen, um ihnen ein leises, enttäuschtes Stöhnen entweichen zu lassen. Sie konnte nicht wieder einschlafen und zurück in seine Arme flüchten. In die Arme des Jungen aus dem Wald mit den wunderschönen Augen. Augen, die so blau und tiefgründig wie ein See waren. In ihren Träumen war, innerhalb der vergangenen sechs Jahre, aus dem Jungen ein stattlicher Mann geworden. Seit Wochen träumte sie nur noch von ihm. In diesem Traum war sie in einem Turm gefangen. Es gab keine Tür, nur ein Fenster.

„Rapunzel, Rapunzel, lass dein Haar herunter." Es war die sonore Stimme des jungen Mannes, die sie rief.

Mit klopfendem Herzen trat sie ans Fenster und zog ihr Haar über ihre Schultern, sodass es über dem Fenstersims hing.

„Rapunzel, Rapunzel, lass dein Haar herunter", wiederholte er, und als ob seine Worte eines Zaubers mächtig wären, wuchs Dianas ohnehin schon langes, goldenes Haar bis zu ihm hinunter. Er kletterte flink daran empor. Behände sprang er in den kleinen Raum hinein.

„Oh, wie habe ich mich nach dir gesehnt", sagte er jedes Mal. Seine Worte wärmten ihr Herz, und Tränen traten ihr in die Augen. Auch sie hatte ihn vermisst.

„Ich habe jeden Tag an dich gedacht", gestand sie ihm.

Wie zwei Ertrinkende klammerten sie sich aneinander. Ihre Lippen berührten sich zu einem leidenschaftlichen Kuss. Einem Kuss, der in Diana brennendes Verlangen entfachte. Sie zog ihm das Hemd über den Kopf. Berührte mit ihren Händen seine breite Brust, streichelte seinen flachen Bauch und fuhr mit den Fingern die V-förmige Linie zu seinem Schwertgurt hinunter.

„Dein Haar duftet wie die süßen Kirschen eines verbotenen Baumes", wisperte er und knabberte an ihrem Ohrläppchen. Diana kicherte, während sie den Schwertgurt öffnete. Scheppernd fiel er mit der Waffe zu Boden.

Der junge Mann hob Diana hoch, und sie schlang ihre Beine um seine Hüfte. Er drückte seine Zunge an ihre Lippen, um sich Einlass zu verschaffen …

Ein sehnsüchtiger Seufzer, der aus dem tiefsten Inneren von Diana zu entspringen schien, entwich ihrem Mund. Seit er zum ersten Mal in ihrem Traum erschienen war, plagte sie eine Sehnsucht, die sie zu zerreißen drohte und gleichzeitig ihr Inneres mit Entzücken ausfüllte. In dieser sehnsüchtigen Verzweiflung schloss sie ihre Augen und ließ ihre Hände unter ihr Nachthemd gleiten. Zögerlich ertasteten die Finger ihre Brust, umkreisten die Brustwarzen, bis sie hart wurden. Sachte wanderten sie über den Bauch hinweg zu ihrer Scham. Jede dieser Berührungen nur eine kalte Kopie der des jungen Mannes.

Frustriert beendete sie ihren Versuch, sich ablenkend in die Erinnerung des Traumes zu flüchten. Es gab nichts, was sie vergessen ließ, was für ein Tag heute war: ihr achtzehnter Geburtstag. Heute würde sich der Fluch erfüllen.

Sie setzte sich im Bett auf, schlang die Decke fest um sich, während sie aus dem Fenster blickte. Es lag im Erdgeschoss. Für ihren Geliebten aus dem Traum wäre es ein Leichtes gewesen, durch das

25

Fenster zu steigen. Es wäre auch ein Leichtes für sie, einfach eines Nachts hinauszuklettern und zu verschwinden, wie damals, als Hanna ihr erzählt hatte, dass sie und Lasse nicht ihre Eltern waren. Eigentlich hätte es Diana nicht überraschen sollen, sah sie doch weder dem einen noch dem anderen ähnlich, aber als Kind weiß man es nicht besser, und rückblickend wäre sie dankbar gewesen, die Wahrheit nie erfahren zu haben.

An ihrem sechzehnten Geburtstag war Hanna zu ihr in die Bibliothek gekommen. Mit ernster Miene. Nervös hatte sie ihre Hände geknetet. Diana sah von ihrem Buch auf. Es war ein Roman über die verbotene Liebe zwischen einer wunderschönen Prinzessin und einem einfachen, aber auch schönen jungen Mann, der eigentlich ein Prinz war, aber nichts davon wusste. Genau die Art von Geschichte, die Diana so sehr mochte und die Hanna stets mit einem verächtlichen Schnauben als „verkitschte Liebes-Unwahrheiten" kommentierte.

„Ist etwas passiert? Mit Papa?"

Hanna setzte sich in den Sessel gegenüber von ihr und schüttelte und den Kopf. „Wir müssen miteinander reden", begann sie.

Diana hielt das Buch in ihrem Schoß fest umklammert, während Hanna ihr die Wahrheit offenbarte. Sie war nicht ihre Mutter und Lasse nicht ihr Vater. Ihre leibliche Mutter hieß Rosmarie und hatte von giftigen Rapunzeln – einem magischen Feldsalat – gegessen, die in Hannas Garten gewachsen waren.

„Ich habe sie immer wieder gewarnt, aber sie wollte nicht hören", berichtete ihre Ziehmutter. „Ich habe ihr gesagt, dass sie dir schaden würde, aber dein Wohl war ihr egal."

Diana saß wie versteinert da und fühlte sich, als hätte Hanna sie aus einem Fenster gestoßen.

„Warum hattest du diese Rapunzeln im Garten?", fragte sie dann mit brüchiger Stimme.

„Weil sie richtig dosiert und vermischt mit anderen Kräutern heilsam sind, aber pur gegessen schaden sie einer Schwangeren und deren Kind. Deine Mutter ist bei deiner Geburt gestorben, und dein Vater war ein nichtsnutziger Trunkenbold. Ich wollte dich in Sicherheit wissen."

Hannas Worte waren wie das stetige Plätschern eines Flusses. Diana hatte Mühe, diesem Verlauf zu folgen, wollte es eigentlich auch gar nicht.

„Ab deinem achtzehnten Lebensjahr wirst du innerhalb weniger Tage altern und sterben, wenn du nicht die Lebensenergie von Männern in dir aufnimmst", drangen die Worte wie durch Watte an ihre Ohren.

„Rapunzel, hörst du mir zu?"

Das Mädchen sprang auf, das Buch rutschte von ihrem Schoß und fiel zu Boden. „Nenn mich nie, nie wieder so!", schrie sie aufgebracht. „Du hast mich all die Jahre angelogen, und jetzt offenbarst du mir diese ... diese ..." Sie suchte nach dem passenden Wort.

„Es ist ein Fluch. Der Fluch der Rapunzel. Bitte, Liebes, setz dich wieder hin."

Diana setzte sich nicht wieder hin, sie rannte nach draußen, in den Wald hinein. Hanna rief ihr nach und folgte ihr sogar, aber Diana war schneller und hängte sie ab. In ihrer Enttäuschung lief sie jedoch blindlings zwischen Bäumen und Sträuchern hindurch, ohne auf die Richtung zu achten, und am Ende sank sie erschöpft an einem Baumstumpf zusammen. Weinend. Die Sonne begann sich zu senken, und Diana hatte keine Ahnung gehabt, wo sie war. Als Lasse sie fand, kauerte sie, die Arme um sich geschlungen, auf dem Boden an den Baumstumpf gelehnt. Obwohl sie wütend auf Lasse und Hanna gewesen war, stieg sie trotzdem auf den Rücken des Wolfes und ließ sich von ihm nach Hause tragen.

Hanna wartete vor dem Haus und nahm sie voller Erleichterung in die Arme. „Rapunzel, mein Liebes, ich bin vor Sorge fast gestorben", weinte sie.

„Diana, ich heiße Diana", sagte das Mädchen mit fester Stimme. Von da an nannte Diana Hanna nicht mehr Mutter und Lasse nicht mehr Vater. Falls es die beiden verletzte, so ließen sie es sich nicht anmerken.

Am anderen Tag erzählte Hanna ihr, was es mit dem Fluch auf sich hatte. Diana fühlte sich, als hätte man ihr den Boden unter den Füßen weggezogen. Nichts war mehr wie zuvor. Ihre heile Welt war innerhalb kurzer Zeit in sich zusammengefallen wie ein Kartenhaus.

„Ein Fluch muss doch von jemandem ausgesprochen worden sein, und dieser jemand muss ihn wieder wegnehmen können", sagte sie.

„Ich hätte es nicht so nennen sollen", meinte Hanna. „Aber mir fiel kein besserer Begriff ein." Sie sah Diana dabei müde und traurig zugleich an. „Vielleicht ist *Krankheit* eine zutreffende Bezeichnung."

Diana erwiderte den Blick trotzig. Die Lippen zu einer schmalen Linie gepresst, die Brauen finster zusammengezogen.

„Aber ehrlich gesagt, ich persönlich halte es für einen Segen", redete Hanna mit einem zurückhaltenden Lächeln weiter. „Du wirst für immer schön und jung bleiben."

„Sofern ich einen Mann töte", fiel Diana ihr ins Wort.

Hanna nickte.

„Das gefällt mir nicht." Tränen stiegen Diana in die Augen. „Ich möchte niemanden töten."

„Du musst. Oder du stirbst selbst. Rapunzel …"

„Nenn mich nicht so!"

„Entschuldige. Ich meine Diana."

Das Mädchen ließ sich auf die Bank vor dem Haus sinken. „Hat deine Mutter auch Rapunzeln gegessen, als sie mit dir schwanger war?", wollte sie von ihrer Ziehmutter wissen.

Hanna nickte.

Tage, Wochen nach dem Gespräch wälzte Diana sämtliche Bücher in der Bibliothek auf der Suche nach Heilung – ohne Erfolg. Was sie fand, war die Beschreibung zu ihrem Leiden „Sukkubus", aber es war nicht so, wie Hanna es ihr erzählt hatte. In dem Buch stand, dass Sukkuben Dämonen waren und Männer im Schlaf bestiegen. So verhielt es sich nicht mit dem Fluch oder der Krankheit. Hanna versicherte ihr, dass sie keine Dämonen und auch nicht mit dem Teufel im Bunde waren. Das seien Lügen, welche die Kirche verbreite.

„Hast du bei Lasse je daran gedacht, der Teufel könnte seine Hände im Spiel haben?", wollte Hanna von ihr wissen, und Diana musste verneinen. Natürlich hatte sie das nicht gedacht, aber das war etwas anderes. Lasse war von Anfang an für sie der Mann gewesen, der sich in einen riesigen Wolf verwandeln konnte. Es war eine Selbstverständlichkeit.

„Vielleicht hätte ich es dir früher sagen sollen", hatte Hanna daraufhin überlegt. „Aber andererseits wollte ich dich nicht mit etwas konfrontieren, was man einem kleinen Mädchen nur schwer hätte erklären können."

Diana kehrte aus ihrer gedanklichen Zeitreise in die Vergangenheit zurück in die Gegenwart. Nun war also ihr achtzehnter Geburtstag gekommen. Zwei Jahre lang hatte sie sich davor gefürchtet, und jetzt? Sie fühlte sich genauso wie gestern, aber das Wissen um die Erfüllung des Fluches ließ ihre Härchen im Nacken sich aufstellen. Ihre Eingeweide schienen sich über Nacht ineinander verknotet zu haben, wogen schwer in ihrem Leib. Sie sank langsam zurück auf das Kissen. Gerade als sie sich die Decke über den Kopf ziehen wollte, klopfte es an die Tür ihres Zimmers, und noch bevor sie antworten konnte, tänzelte Hanna in den Raum.

„Rapunzel, mein Liebes", flötete sie, die Kapuze ihres Umhangs zurückstreifend. Schwarzes, volles Haar floss in Wellen über ihre Schultern hinab. Ihr Haar reichte fast bis zu ihren Kniekehlen.

„Diana!", korrigierte sie ihre Ziehmutter. Immer wieder nannte Hanna sie bei ihrem Kosenamen, den sie so sehr hasste, seit sie die Wahrheit kannte.

„Wie geht es dir?"

Diana zuckte mit den Schultern.

„Schau nicht so betrübt. Du hast Geburtstag. Ich habe dir ein Geschenk mitgebracht." Hanna legte ihr eine Schatulle in den Schoß. „Öffne sie", forderte sie.

Das hölzerne Kistchen sah sehr kostbar aus. Rosen waren eingeschnitzt in das dunkle Holz. Diana drückte den goldenen Verschluss auf und klappte den Deckel hoch. Eingebettet in roten Samt lag darin ein silbernes Geschmeide in Form eines Blattes. Glitzernde Edelsteine zierten es wie Tautropfen.

„Wunderschön", hauchte Diana und ließ ihre Fingerspitzen über das kühle Silber gleiten.

„Du bist achtzehn Sommer alt. Der Fluch erfüllt sich nun."

Eine eiserne Faust schloss sich um Dianas Herz. Ein Teil von ihr hatte gehofft, Hanna würde diese „Krankheit" von ihr nehmen, obwohl sie stets beteuerte, es läge nicht in ihrer Macht. Diana wusste nicht, was sie ihr glauben konnte, andererseits konnte sie sich aber auch nicht erklären, weshalb Hanna sie anlügen sollte. Was würde es ihr bringen?

„Steh auf, Diana. Lasse hat dir ein Bad eingelassen." Sie nahm ihr die Kette ab. Mit der freien Hand ergriff sie die der jungen Frau, um sie in den Waschraum zu führen. „Bade dich erst, dann kannst du dir die Kette umlegen."

Gehorchend streifte Diana sich das Nachthemd über den Kopf und stieg in die Wanne.

Hanna reichte ihr einen Schwamm, damit sie sich waschen konnte.

„Werde ich nun sterben?", fragte Diana mit zitternder Stimme.

„Aber nein, mein Liebes." Hanna kniete sich neben der Wanne hin. Sie strich Diana eine Haarsträhne hinters Ohr. „Ich liebe dich wie meine eigene Tochter. Nie würde ich dich sterben lassen." Und während sie Diana über den Kopf strich, drängten Erinnerungen aus alten Tagen in ihr empor. Erinnerungen an ihre Schwangerschaft und das Glück, das sie damals empfunden hatte. Doch dieses Glück war nur von kurzer Dauer gewesen.

„Warum nimmst du dann nicht den Fluch von mir?", riss Diana Hanna aus ihren Gedanken.

Diese seufzte. „Das hatten wir doch schon so oft. Ich kann diesen Fluch nicht von dir nehmen."

„Aber du hilfst mir auch nicht, nach einem Weg zu suchen, ihn aufzuheben." Trotzig schob Diana das Kinn nach vorne. Tränen traten ihr in die Augen, die sie mit heftigem Blinzeln wegdrückte.

„Oh Diana, wenn es einen Weg gäbe und es dein sehnlichster Wunsch wäre, dann würde ich dir helfen, aber es gibt keinen. Glaub mir."

Wütend zupfte Diana an dem Schwamm. „Das kann nicht sein! Ich kann doch nicht für den Rest meines Lebens Männer töten?!"

„Es ist einfacher, als du glaubst."

Ungläubig sah Diana sie an. Es war nicht das erste Mal, dass sie eine Äußerung dieser Art von Hanna vernahm, und trotzdem war sie jedes Mal aufs Neue entsetzt. Diana, die nicht einmal einer Stubenfliege etwas zuleide tun konnte, fand es entsetzlich, sich vorzustellen, einen Menschen zu töten. Und wenn sie an all die Bücher dachte, die sie in den Jahren gelesen hatte, niemals waren die

Helden Mörder gewesen, und wenn doch, dann nur, um ihre Liebsten oder sich selbst zu verteidigen. Sehnsüchtig wünschte Diana sich einen Prinzen herbei, der ihr einen Kuss der Erlösung schenken würde, so wie in ihren Büchern, wo es immer ein glückliches Ende gab.

Wütend über die Situation wusch Diana sich, während Hanna im Badezimmer auf und ab ging. Gerade als sie sich über deren Anwesenheit beklagen wollte, drängte ihre Ziehmutter: „Komm aus der Wanne und zieh dich an."

„Warum die Eile?"

„Tu, was ich dir sage!", zischte Hanna, verschwand kurz aus dem Raum und kam mit einem weißen Kleidchen zurück, das sie ihr hinhielt.

Die Seide schmiegte sich an Dianas Körper wie eine zweite Haut.

„Du bist wunderschön, Rapunzel. Es wird dir leichtfallen, dein Überleben zu sichern."

„Diana!" Erbost verschränkte sie die Arme vor der Brust. „Warum soll ich das tragen? Warum diese ..."

„Gedulde dich." Hanna legte geschickt die Kette um Rapunzels Hals und schob sie zum Spiegel.

Verlegen betrachtete Diana ihr Spiegelbild. Ihr goldenes Haar fiel in weichen Wellen bis zu den Hüften hinab. Weibliche, einladende Hüften. Das weiße Kleid war tief ausgeschnitten und zeigte die Ansätze ihrer drallen Brüste.

„Du musst lernen, deine Reize einzusetzen und den Männern die Sinne zu rauben."

„Ich will das nicht", flüsterte Diana. „Ich will nicht irgendwelche Männer ..." Sie biss sich auf die Unterlippe. Sie wollte nicht mit Hanna über den Jungen aus dem Wald reden, schon gar nicht über ihre Träume und Sehnsüchte nach ihm.

Hanna nahm sie an der Hand. „Komm mit."

Zu Dianas Erstaunen kehrten sie zurück in ihr Schlafzimmer.

„Setz dich in den Sessel", wies Hanna sie an.

Diana hatte nicht die leiseste Ahnung, was ihre Ziehmutter mit ihr vorhatte. Zögerlich folgte sie der Aufforderung.

Das Kleidchen rutschte hoch, als sie sich hinsetzte, und gab unverschämt viel von ihren wohlgeformten Schenkeln frei. Diana zupfte am feinen Stoff, aber der wollte sich nicht weiter runterschieben lassen.

Währenddessen verschwand Hanna und kam in Begleitung eines Mannes mittleren Alters zurück. In der Hand hielt er einen Hut, den er unsicher hin und her drehte. Hanna stand dicht neben ihm und strich sich immer wieder durchs Haar.

Die junge Frau hielt erschrocken den Atem an. Nicht, weil sie noch nie einen Mann gesehen hatte, sondern weil eine dunkle Ahnung sie beschlich. Eine unangenehme Kälte breitete sich in ihrem Körper aus. Sie wünschte, sie hätte eines ihrer normalen Kleider an und nicht diesen Fetzen Seide, der sie kaum bedeckte.

„Ferdinand, das ist Ra... Diana. Diana, das ist Ferdinand", stellte Hanna die beiden einander vor.

Der Mann nickte der jungen Frau zu. Sein Blick blieb unangenehm lange auf ihren Beinen haften, sodass Diana nochmals versuchte, das Kleid zurechtzuziehen – ohne Erfolg.

Mit einem leisen Seufzer gab sie sich geschlagen. Neugierig betrachtete sie den Fremden. Er hatte ein kantiges, wettergegerbtes Gesicht, war groß und breitschultrig. Sein braunes Haar wies vereinzelte, von der Sonne aufgehellte Strähnen auf. Ein sympathisches Lächeln zeichnete sich auf seinem Gesicht ab, als Hanna ihn umarmte.

„Ich hoffe, es stört dich nicht, dass Diana uns zusieht", hauchte sie mit samtig verführerischer Stimme.

Dianas Hände in ihrem Schoß verkrallten sich in den Stoff des Kleides. Aufrecht und angespannt saß sie da. Ihre Befürchtung schien sich zu bewahrheiten, hatte Hanna ihr doch immer wieder erklärt, wie es vonstattenging. Natürlich nur im Groben, sie war ja damals erst sechzehn Jahre alt gewesen. Aber trotz der Abgeschiedenheit im Wald war sie nicht unaufgeklärt aufgewachsen, und in Hannas und Lasses Bibliothek gab es viele Bücher unterschiedlicher Themen. Jene, die nicht für sie gedacht waren, standen weiter oben im Regal, aber das hatte sie nie daran gehindert, sich einen Stuhl zu holen und sich auch die Bücher anzusehen, die von den Beziehungen zwischen Mann und Frau erzählten. Wie sie sich vereinen konnten, in welchen Stellungen. Diana hatte oft heimlich in einem bestimmten Buch geblättert, die Zeichnungen mit einer Mischung aus Faszination und Abscheu studiert. Und genau diese Mischung war es jetzt, die sie weder wegschauen noch aufstehen ließ.

Ferdinand verneinte. Er warf Diana einen Blick zu, den sie nicht zu deuten wusste. Dann sah er wieder Hanna an. Die Frau ließ ihre Hände unter das braune Hemd gleiten und zog es dem Mann geschickt über den Kopf. Ein breiter Brustkorb kam darunter zum Vorschein. Dunkle Haare kringelten sich darauf. Hanna ließ ihre Hände über die Bauchmuskeln gleiten, hinunter zum Gürtel, verharrte nur kurz dort und fuhr dann wieder hoch zur Brust. Sie küsste Ferdinands Brustwarzen und umkreiste sie mit ihrer Zunge.

Heiße Röte schoss in Dianas Gesicht. Es war ihr unangenehm, Hanna mit dem Mann zu beobachten, und dennoch fühlte sie sich nicht imstande, den Blick abzuwenden.

Hanna öffnete ihr Kleid und ließ es zu Boden sinken.

Ferdinand entfuhr ein Laut des Entzückens, als er den makellosen, nackten Körper erblickte. In seinem Schritt zeichnete sich eine ordentliche Beule ab. Seine Hände schlossen sich um Hannas stramme Brüste, die er sofort zu kneten begann. Die Frau stöhnte leise. Sie presste ihre Hüfte gegen Ferdinands und rieb sich daran. Als er sie küssen wollte, wich Hanna aus, indem sie sich auf die Knie sinken ließ. Geschickt öffnete sie die schlichte braune Hose und zog sie mit einem Ruck hinunter. Ferdinands erigierte Männlichkeit schnellte in die Höhe.

Diana hatte vor Anspannung vergessen zu atmen und sog hastig keuchend Luft in ihre Lungen, während Hannas Mund den Penis zärtlich umschloss. Ferdinand stöhnte auf. Seine Hände gruben sich in Hannas dunkles Haar. Sie ließ ihren Kopf eine Weile vor- und zurückgleiten, dann legte sie ihre Hand an den Schaft, liebkoste die Eichel mit ihrer Zunge und den Zähnen, was Ferdinand weitere zufriedene Seufzer entlockte.

In Dianas Schoß wurde es immer wärmer und feuchter. Ihr Herz schlug unregelmäßig gegen die Brust. Was Hanna mit dem Mann tat, erinnerte sie an ihre Träume von dem Jungen aus dem Wald.

Hanna ließ Ferdinands Glied los. Hart und begierig stand es nach wie vor. Diana fragte sich, wie es wohl war, den Penis in den Mund zu nehmen.

Als hätte Hanna ihre Gedanken gelesen, forderte sie: „Komm her, Diana. Knie dich hin und schenke Ferdinand Freude."

Auf zittrigen Beinen folgte die junge Frau der Aufforderung der älteren. Sie war dankbar, sich hinknien zu können. Als sie das tat, schien es, als würde sein Penis sich noch mal um ein paar Zentimeter strecken.

„Nimm ihn in den Mund!", befahl Hanna. „Spiel mit deiner Zunge und den Zähnen."

Ferdinand legte seine Hand um seine Männlichkeit und führte sie an Dianas Mund. Die weiche Haut der Eichel liebkoste ihre Lippen. Zögerlich öffnete sie ihren Mund und ließ Ferdinands Glied hineingleiten. Sie war überrascht von der zarten Haut, obwohl der Penis so hart war. Die Wärme, die er verströmte, war angenehm. Etwas unsicher begann Diana zu saugen, zu knabbern und zu lecken. Als Ferdinand zufrieden stöhnte, fühlte sie sich bestärkt und arbeitete sich weiter an seinem Schwanz ab. Ihre Hände platzierte sie an seinen festen Pobacken.

Diana spürte in ihrem Schritt ein Ziehen und Kribbeln. Die angeschwollenen Lippen schrien nach Berührung. Das Rufen war so laut, dass Diana eine Hand zwischen ihre Beine gleiten ließ. Ihre Finger tasteten sich durch die Nässe.

„Ein Naturtalent", keuchte Ferdinand.

„O ja", sagte Hanna anerkennend, und an Diana gewandt: „Nun lass von ihm ab."

Diana ging enttäuscht zurück zu ihrem Sessel. Die brennende Leidenschaft zwischen ihren Beinen war ungestillt, und auch in Ferdinand brannte sie. Diana sah die Gier in seinen Augen.

Hanna dirigierte ihn zum Bett. Eifrig folgte er ihrer Aufforderung und ließ sich rücklings darauf fallen. Wie ein Turm stand sein Glied in die Höhe. Hanna kniete sich mit gespreizten Beinen über Ferdinand. Ihre Vagina war seiner Erregung gefährlich nahe. Leicht beugte sie sich hinunter, streifte mit den Lippen zwischen ihren Beinen seinen Penis. Die zarte Berührung ließ den Mann erschaudern.

Dianas Erregung reichte bis zu den Haarspitzen, und gleichzeitig fühlte sie auch eine gewisse Scham, weil sie bei etwas derart Intimem als Zuschauerin dabei war. Sie schloss ihre Augen, und plötzlich wanderten ihre Gedanken zu ihrem wiederkehrenden Traum, zu dem jungen Mann und dessen Küssen, seinen Berührungen. Diana öffnete ihre Augen wieder. Ihre Hände umklammerten die Armlehnen des Sessels. Sie war bereit, aufzuspringen, verharrte aber. Ihr Blick blieb an Hanna und Ferdinand hängen.

Er keuchte: „Ich will dir ganz nahe sein. Ich will in dir sein."

„Gib mir erst einen Kuss", forderte Hanna. Ihr Mund deckte den des Mannes ab. Seine Arme schlossen sich um sie.

Diana schlug die Hände vor den Mund, als sie sah, wie die gesunde Gesichtsfarbe aus Ferdinands Antlitz wich. Hanna beendete den Kuss abrupt.

„Mehr", bettelte Ferdinand. „Bitte."

„Das bekommst du." Hanna setzte sich auf seinen Schoß. Für Diana sah es aus, als würde sie ihn so unter Kontrolle halten.

„Komm her, Diana." Sie winkte ihre Ziehtochter zu sich heran. Eingeschüchtert schüttelte diese den Kopf.

„Komm her!", befahl Hanna erneut in einem Tonfall, der keine Widerrede duldete.

Mechanisch erhob Diana sich aus dem Sessel. Das Herz klopfte ihr bis zum Hals, als sie sich dem Bett näherte.

Ferdinand blickte sie an. Er wirkte krank, aber sein Mund war zu einem glücklichen Lächeln verzogen, und in den Augen glänzte pure Lust.

„Küss ihn!", zischte Hanna.

„Was?", fragte Diana in der verzweifelten Hoffnung, sich verhört zu haben.

„Du hast mich schon verstanden!"

Nur widerwillig kniete Diana sich neben dem Bett hin. Als sie zögerte, den Mann zu küssen, packte Hanna sie an den Haaren und zog daran, bis ihr Gesicht über dem von Ferdinand war.

„Und jetzt küss ihn!" Ehe Diana reagieren konnte, drückte Hanna ihren Kopf mit überraschender Kraft nach unten.

Ferdinands Lippen waren kalt. Seine Zunge drückte sich an ihren Mund. Erschrocken öffnete sie die Lippen und gewährte der fremden Zunge Einlass. Sie wollte sich aus Hannas Griff und von dem fremden Mann befreien, doch da durchzuckte sie eine Art Blitzschlag und verband ihre Lippen mit denen von Ferdinand, der stöhnte und keuchte. Heiße Wellen der Lust strömten stärkend durch Diana. Glück erfüllte sie in einer Kraft, dass ihr angenehm schwindelig wurde.

Hanna ließ sie los. Sofort richtete Diana sich keuchend auf. Ein schriller Schrei entwich ihren Lippen. Ferdinands Haut war grau verfärbt. Der Körper fiel in sich zusammen und wurde zu Staub. Wie eine wilde, nackte Göttin kniete Hanna über der Asche.

„Das, mein Kind, wird dich am Leben erhalten."

Diana taumelte zurück zum Sessel, ließ sich auf das weiche Polster fallen, schloss ihre Arme um die Knie und brach in Tränen aus. „Er ist tot. Er ist tot", wiederholte sie immer wieder. Weinkrämpfe ließen ihren Körper erzittern.

Hannas Hände umfassten ihre Schultern. Hart und kalt.

„Sieh mich an!", forderte sie.

Diana blickte auf. Die Augen gerötet.

„Hör auf zu weinen und reiß dich zusammen."

„Ich kann nicht, ich habe … wir haben ihn getötet, nicht wahr?"

Hanna seufzte. Sie ließ Diana los. Ihr Blick wurde sanfter.

„Ja, das hast du, aber das müssen wir tun, um zu überleben." Sie strich der jungen Frau eine Haarsträhne hinters Ohr. „Eigentlich ist der Fluch auch zugleich ein Segen. Wir werden niemals alt und hässlich. Keine Krankheit kann uns etwas anhaben. Weißt du, wie viele Menschen davon träumen? Weißt du, wie viele alles dafür geben würden?"

Diana schüttelte matt den Kopf. „Ich will das nicht, mir macht es nichts aus, älter zu werden und zu sterben."

Hanna erhob sich, um im Zimmer auf und ab zu gehen. „Das sagst du jetzt, aber wenn deine Brüste anfangen zu hängen und dein Gesicht mit den ersten Falten durchzogen ist, wirst du wünschen, die Zeit würde anhalten. Weitere Jahre vergehen, und du spürst, wie die Kraft dich verlässt, wie deine Glieder bei jeder Bewegung schmerzen. Du wirst anfällig für Krankheiten, kannst kaum noch gehen. Irgendwann bist du auf andere angewiesen, machst in dein Bett und stirbst schließlich."

Diana presste die Fäuste vor ihren Mund.

„Ich denke, wir sollten einen Ausflug machen, damit du mehr von der Welt siehst als nur das beschauliche Dorf und den Wald", meinte Hanna.

Dianas Herz flatterte aufgeregt wie ein Vogel im Käfig vor seiner Freilassung.

„Wirst du mir gehorchen?", fragte Hanna.

Diana nickte eifrig.

„Keine Mätzchen?"

Diana schüttelte den Kopf.

„Gut." Sie zog sich wieder an.

„Hanna, wie oft muss ich das mit einem Mann machen?" Dianas Stimme zitterte. Die Frage war ihr schon lange durch den Kopf gegeistert, aber sie scheute die Antwort, trotzdem musste sie es wissen.

„Ein, zwei Mal im Monat", erwiderte Hanna. „Es hängt immer davon ab, wie viel Energie in dem Mann steckte." Sie grinste, als sie ergänzte: „Das ist einer der Gründe, warum ich junge Männer vorziehe."

„Und ich muss sie immer töten? Kann ich nicht einfach abbrechen und … und …"

„Nein, das ist nicht möglich. Im Gegenteil. Es wäre grausam. Der Mann würde nie wieder gesund werden und nur noch vor sich hinvegetieren."

Dianas Herz zog sich krampfartig zusammen. „Und muss ich ihn wirklich küssen, berühren und mit ihm schlafen? Kann ich ihn nicht einfach irgendwie berühren? An der Schulter?"

Hanna schüttelte den Kopf.

„Warum?", wollte sie wissen und schlang die Arme noch fester um die Beine.

„Es sind die Lust und die starken Emotionen, die es uns einfach machen, an ihre Lebensenergie zu kommen. Die Schranken fallen, und es ist leicht, über einen Kuss das Leben zu entziehen."

„Dann werde ich nie jemanden küssen können, den ich liebe?", fragte Diana und dachte dabei an den jungen Mann aus ihren Träumen.

„Nein", antwortet Hanna scharf. „Am besten verliebst du dich erst gar nicht. Liebe macht nur schwach und bringt viel Kummer, glaub mir."

Diana senkte mit brennenden Augen ihr Kinn auf die Knie. Was für ein Leben würde das sein, den Mann, den sie liebte, nicht küssen zu können? Sie hatte es sich immer so schön vorgestellt, einen Mann zu küssen, und in ihren Träumen hatte es sich auch immer wunderbar angefühlt.

Die Worte Hannas sickerten langsam zu ihr hindurch. Sie hob den Kopf an, sah zu ihrer Ziehmutter auf, die das Laken mit der Asche vom Bett zog und zusammenraffte. Darauf bedacht, die Überreste Ferdinands nicht zu verstreuen.

„Wer hat dir das Herz gebrochen?", fragte Diana.

Hanna fuhr zu ihr herum. „Wie kommst du auf diese lächerliche Idee?"

Diana erhob sich langsam. Ihre Beine fühlten sich steif an. „Wegen dem, was du gesagt hast …"

„Nun, du solltest es dir zu Herzen nehmen und weniger an die romantischen Liebeleien glauben, die du aus den Büchern kennst", sagte Hanna und fügte hinzu: „Wenn du einen Mann verführen willst, ist es übrigens wichtig, dass du dir durch das Haar fährst."

Diana runzelte die Stirn.

„Damit setzt du Lockstoffe frei. Auch wenn du sehr hübsch bist, meine kleine Rapunzel, so gibt es immer wieder auch Männer, die dir trotzdem widerstehen könnten oder im letzten Moment begreifen, was mit ihnen geschieht. Deshalb ist es wichtig, die Lockstoffe freizusetzen." Mit diesen Worten verließ sie das Zimmer. Diana war alleine.

Die Tränen lösten sich und flossen über ihre Wangen. Sie ließ sich auf ihr Bett fallen, sprang aber wieder auf, als ihr klar wurde, dass eben noch Ferdinand darauf gelegen hatte, der jetzt tot war. Ein Weinkrampf schüttelte sie, und sie ging zum Sessel und sank darauf zusammen. In ihrem Kopf spielten sich die Ereignisse von eben noch einmal ab. Sie sah Ferdinands unbekümmertes Lachen, die Lust in seinen Augen, als er sie anschaute. Sie sah ihn wieder zu Asche zerfallen, aber sie nahm auch etwas anderes erneut wahr. Die Energie. Das Gefühl, als ihre Lippen die seinen berührten. Das Prickeln, die Erregung. Auch jetzt, wenn sie ihrem Körper Achtsamkeit schenkte, konnte sie Ferdinands Stärke durch ihre Adern fließen spüren.

Es war ein wundervolles Gefühl, musste sie sich selbst eingestehen. Diese Erkenntnis erschreckte sie. Erfüllte sie mit Scham.

4. Kapitel

„*D*u bist immer noch wach?" Eine weiche, vertraute Stimme riss Maximilian aus seinen Gedanken.

„Mutter, Ihr seid auch noch auf den Beinen."

Anna lächelte zurückhaltend, als sie die Bibliothek durchschritt. „Dein Vater schnarcht heute Nacht besonders laut." Sie trug über ihrem Nachtgewand einen weinroten, mit Brokat verzierten Morgenmantel. Das dunkle Haar, das Maximilian von ihr geerbt hatte, war zu einem Zopf geflochten. Sie war von einer schlichten Schönheit und voller Herzensgüte. Maximilian fragte sich immer wieder, wie seine Mutter es mit seinem Vater aushielt. Er selbst ertrug ihn nur schwer, und je älter Maximilian wurde, umso schlimmer wurde es.

Manchmal kamen ihm Zweifel, ob er wirklich der Sohn seines Vaters war, aber wenn er morgens in den Spiegel blickte, sah er dessen blaue Augen und erkannte ihn auch an seiner kantigen Gesichtsform. Innerlich fühlte er sich jedoch seiner Mutter verbundener, ähnlicher … Hendrik hingegen, sein jüngerer Bruder, war charakterlich ganz der Vater. Energisch, fordernd, kämpferisch.

Als seine Mutter sich auf dem Stuhl gegenüber niederließ, wollte Maximilian die Karte, über der er gebrütet hatte, zusammenrollen, aber sie legte ihre Hand auf die seine.

„Was hast du dir angesehen?"

„Nichts", erwiderte er.

Ehe er sichs versah, hatte seine Mutter die Karte aufgerollt. Überraschung zeichnete sich auf ihrem schmalen Gesicht ab und spiegelte sich in ihren braunen Augen, als sie ihn anblickte.

„Das ist deines Onkels Wald", stellte sie fest. „Warum hast du diese Stelle hier markiert?" Annas Zeigefinger ruhte inmitten der Karte.

Maximilian seufzte. „Es ist nichts, wirklich."

„Und wegen nichts hockst du hier nachts über der Karte? Ich habe dir eine Weile zugesehen, mein Sohn. Wenn ich es nicht besser wüsste, würde ich meinen, dass du eine Schlacht planst."

„Ach was."

„Dein Vater kann stundenlang auf Karten starren und strategisch planen." Sie lächelte wieder zurückhaltend. „Ihr seid euch gar nicht so unähnlich."

„Mutter, bitte!" Maximilian ahnte, worauf dieses Gespräch hinauslaufen sollte. „Ihr seid nicht wach, weil Vater schnarcht, oder?"

Anna schüttelte sachte den Kopf. In ihren Augen schimmerten Tränen. „Willst du wirklich eines Tages einfach verschwinden? Auf den Thron verzichten und deine Familie nie wiedersehen?"

Maximilians Kiefer mahlten. Heute Nachmittag waren die Streitereien zwischen ihm und seinem Vater eskaliert.

„Ich will nicht an die Front", schnaubte der Prinz. „Ich sehe nicht ein, warum wir Krieg führen müssen, nur um noch mehr Land zu bekommen. Reicht nicht aus, was wir schon besitzen? Muss es noch mehr sein?!"

Das waren mehr oder weniger dieselben Worte, die er bereits am Nachmittag seinem Vater gegenüber geäußert hatte, als dieser ihm eröffnete, es sei an der Zeit, an die Front zu gehen. „Du bist ein guter Kämpfer, mein Sohn, aber du brauchst richtige Kampferfahrung."

Hendrik hatte interveniert, warum denn nicht er gehen könnte, aber der König hatte abgewiegelt: „Später. Jetzt muss erst Maximilian beweisen, dass er nicht nur ein Thronhocker ist, der sich mit feinen Stoffen umgibt. Er soll, wie ich es schon getan habe, ebenso wie mein Vater und dessen Vater, für unser Land kämpfen."

Es folgten Argumente seitens Maximilians – über die Sinnlosigkeit des Krieges und des Tötens – und seitens seines Vaters, dass er nicht den Kontext begreife, und schließlich die verletzende Äußerung: „Du bist ein verweichlichter Träumer! Noch immer bist du wie ein kleiner Junge, der nur Spielereien im Kopf hat."

Da war Maximilian endgültig der Kragen geplatzt, und die Drohung, dem Dasein als Prinz abzuschwören, war ihm herausgerutscht. Nie zuvor hatte sein Vater ihn geschlagen, aber an diesem Nachmittag – und er war mittlerweile neunzehn Jahre – erhielt er seine erste Ohrfeige. Die Wange brannte immer noch, wenn er daran dachte.

„Maximilian", seine Mutter beugte sich vor, ergriff seine Hände und drückte sie sanft, „überstürze nichts. Entschuldige dich bei deinem Vater und hör ihm zu. Richtig zu!"

Der Prinz schüttelte den Kopf. „*Er* hat sich bei mir zu entschuldigen!"

Anna seufzte. Sie drückte die Hände ihres Sohnes fester. „Ich möchte dich nicht verlieren."

„Wenn ich in den Krieg ziehen muss, stehen die Chancen gut, dass du mich verlierst." Maximilian lachte bitter auf.

„Vaters Männer werden dich beschützen, so wie sie stets ihn beschützt haben."

„Dann ist es am Ende bloß ein Possenspiel für das Volk?" Maximilian schüttelte ungläubig seinen Kopf.

„Es ist mehr als das. Rede mit deinem Vater. Er wird dir alles erklären, wenn du ihn nur aussprechen lässt."

„Er soll Hendrik senden. Hendrik wünscht es sich mehr als ich. Er ist auch besser für den Thron geeignet."

Anna ließ die Hände ihres Sohns los und streckte ihr Rückgrat durch. „Du bist der Erstgeborene."

„Vater kann das Gesetz ändern."

„Er will dich auf dem Thron."

Nun lachte Maximilian schallend. „Er will seinen nichtsnutzigen, verträumten und verweichlichten Sohn auf dem Thron sehen!"

„Er weiß um deine Stärken. Er erkennt, zu was du imstande bist."

Der junge Prinz erhob sich. Die Hände auf den Tisch abgestützt, fragte er seine Mutter: „Was für Stärken sollen das sein? Was glaubt er, in mir zu erkennen?"

Anna öffnete ihren Mund, aber bevor sie antworten konnte, kam ihr Sohn ihr zuvor: „Weißt du, woran ich die ganze Zeit denke? Warum ich immer wieder diese Karte anstarre?"

Sie schüttelte den Kopf.

„Ich denke immerzu an dieses Mädchen, das ich vor sechs Jahren im Wald getroffen habe. Ich ärgere mich, weil ich immer nur hier sitze und von ihr träume und nichts unternehme, um sie zu finden. Ich wäre ein träger König. Einer, der hofft, dass sich die Kriege von selbst lösen, dass dieses Mädchen aus dem Wald *ihn* findet."

„Ich wusste nichts von diesem Mädchen. Du hast sie nie erwähnt."

Maximilian ließ sich wieder zurück auf den Stuhl fallen. „Ich habe mich damals vor der Jagd gedrückt, bin abgehauen bei der erstbesten Gelegenheit. Vater war fast so wütend wie heute."

Anna nickte.

„Das Mädchen war wunderschön. Endlos langes, blondes Haar, blaue Augen, zarte Gesichtszüge und ein helles, herzerwärmendes Lachen. Wir unterhielten uns, bis ihr Vater auftauchte. Er war sehr verärgert." Maximilian lächelte. Nach all der Zeit war die Erinnerung an die schöne Fremde klar und deutlich, als wäre es erst gestern gewesen. Er wusste selbst, wie verrückt es war, immer an sie denken zu müssen. Viel verrückter war jedoch, dass er seit einiger Zeit von ihr träumte. In diesem Traum war sie jedoch älter.

Sie saß auf dem Waldboden und trug ein hellblaues Kleid, das sich an ihren kurvigen Körper schmiegte. Sie kämmte ihr langes Haar über eine Schulter und summte vor sich hin. Als er sich näherte, blickte sie auf.

„Endlich. Ich habe so lange auf dich gewartet", sagte sie lächelnd und stand auf. Mit jedem Schritt, den sie näher kam, schlug sein Herz schneller, und als ...

„Maximilian", riss seine Mutter ihn aus seinen Gedanken. „Ich verstehe nicht. Bist ... bist du verliebt?" Sie zog ihre Augenbrauen fragend hoch.

Der Prinz fuhr sich mit der Hand durchs Haar. „Keine Ahnung. Ich habe sie einfach nie vergessen, und in letzter Zeit, da denke ich ständig an sie."

Anna lachte auf. „Jetzt verstehe ich, warum du immer zu deinem Onkel wolltest und untröstlich warst, als er starb."

Der Prinz senkte seinen Blick auf die Karte auf dem Tisch.

„Ach Junge." Seine Mutter stand auf und ging zu ihm, um ihn von hinten zu umarmen. „Du solltest dieses Mädchen vergessen. In all den Jahren kann so viel passiert sein, und außerdem würde dein Vater sich freuen, wenn du die Tochter von König Trojan heiraten würdest."

Maximilian presste seine Lippen zu einer harten Linie zusammen. *Freuen* war zu milde ausgedrückt. Sein Vater würde es zur gegebenen Zeit verlangen. Er war gefangen in einem goldenen Käfig. Am liebsten hätte er aufgeschrien, aber er hielt es für angebrachter, zu schweigen. Er hatte ohnehin schon zu viel gesagt. Jetzt war seine Mutter sicherlich noch mehr der Meinung, er müsse in den Krieg ziehen, um auf andere Gedanken zu kommen.

Anna küsste ihren Sohn auf die Wange. „Dein Vater hat recht, es wird Zeit, dass du aufwächst." Mit diesen Worten verließ sie ihn.

Maximilian starrte mehrere Herzschläge lang auf die Karte, dann stand er entschlossen auf und rollte sie zusammen. Er entschied, dass es tatsächlich an der Zeit war, aufzuwachen und das Glück selbst in die Hand zu nehmen, anstatt sich zu bemitleiden.

5. Kapitel

Als die ersten Sonnenstrahlen des Morgens Dianas Gesicht liebkosten, war sie bereits wach. Sie hatte in dieser Nacht kaum ein Auge zugetan. Das Bild des zerfallenden und sterbenden Ferdinands war in ihr Gedächtnis eingebrannt. Die Tatsache, dass er in ihrem Bett sein Leben gelassen hatte, trug sein Weiteres bei. So war sie in der Nacht zwischen Sessel und Bett hin und her gewandert und konnte nirgends Ruhe finden. Irgendwann, als die Rufe des Käuzchens verklungen waren, hatte die Müdigkeit über die Schreckensbilder gesiegt und ihr einen unruhigen Schlaf geschenkt, der jedoch kurz vor Sonnenaufgang ein Ende fand. Seitdem starrte sie die von Holzbalken getragene Decke an. Am Anfang hatten sich dort oben die schrecklichen und gleichzeitig auch erregenden Bilder abgespielt, nun aber wichen sie und machten neuen Gedanken Platz. Was plante Hanna für den heutigen Tag? Diana freute und fürchtete sich gleichermaßen vor dem Neuen, das ihre Ziehmutter ihr eröffnen wollte.

Träge richtete sie sich auf, streckte ihre Arme und gähnte herzhaft, bevor sie aufstand und ans Fenster trat. Wiese und Garten umgaben das Haus, bis dort, wo der Wald begann. Mächtig erhoben sich die Bäume gegen den Himmel. Sie erinnerten Diana manchmal an schützende Arme. Besonders wenn der Wind stark blies, seufzten sie wie müde Soldaten. In der Ferne konnte sie die Spitze eines Berges sehen. Alün hieß er. Das ganze Jahr über war der Gipfel weiß gepudert. An manchen Tagen betrachtete Diana ihn mit Wehmut – so wie heute – und fühlte sich mit ihm verbunden. Er wirkte so einsam, wie sie sich fühlte. Sie dachte an ihre glückliche Kindheit zurück. An die Tage, als sie noch glaubte, Lasse und Hanna wären ihre Eltern. Dabei hätte sie nur einmal kritisch in den Spiegel blicken müssen, um zu erkennen, dass sie weder dem einen noch dem anderen glich. Sie hatte es aber nicht getan, einfach alles hingenommen, wie es war, nichts hinterfragt.

Verärgert biss sie sich auf die Unterlippe. „Wach auf, Diana", flüsterte sie zu sich selbst. „Es wird kein Prinz daherkommen und dein Leben verändern." Sie wandte sich vom Fenster ab. Es lag ganz bei ihr, einen Schritt weiterzukommen und vielleicht auch eine Erlösung von dem Fluch zu finden. Sie glaubte nicht, dass es keine Möglichkeit gab, sich davon zu befreien. Hanna hatte einfach zu wenig danach gesucht.

Das Klopfen an der Tür riss sie aus ihren Überlegungen. Hanna trat ein, bevor sie etwas sagen konnte.

„Rapunzel, zieh dich an und pack ein paar Kleider ein. Wir werden eine Reise machen."

Dianas Puls beschleunigte sich, sie vergaß sogar, ihre Ziehmutter darauf hinzuweisen, dass sie nicht Rapunzel genannt werden wollte.

„Ich weiß nicht, was ich anziehen soll, geschweige denn einpacken."

Hanna ging zum Schrank. „Wie wäre es mit diesem Kleid?" Sie hielt ihr eines aus dunkelgrünem Samt entgegen. Diana musterte es eingehend. Mit den Fingerspitzen fuhr sie über die Schnürung vorne. Das Kleid hatte sie noch nie getragen.

„Das ist keine Katze zum Streicheln", bemerkte Hanna. „Zieh es einfach an. Ich möchte rechtzeitig aufbrechen, damit wir beizeiten am Ziel sind."

„Wohin fahren wir?", fragte Diana, das Kleid entgegennehmend.

„Nach Cannamara."

„Die Hauptstadt." Dianas Puls legte einen weiteren Zahn zu.

„Ich zeige dir, wie die Welt da draußen ist, meine Kleine", versprach Hanna. In ihrer Stimme schwang ein bitterer Ton mit, der die junge Frau verunsicherte und ihren Wunschtraum zerstörte, sich auf eine amüsante und aufregende Reise zu begeben.

„Schau nicht so", meinte Hanna. „So schlimm wird es nun auch wieder nicht."

„Nein?"

Hanna wandte sich dem Schrank zu, entnahm weitere Kleider und rief nach Lasse, er solle ihr einen Koffer bringen für Rapunzel.

„Diana!", behauptete sich die junge Frau dieses Mal.

Hanna drehte sich zu ihr um. „Bereits als Neugeborenes habe ich dich so genannt. Du wirst immer meine Kleine, meine Rapunzel bleiben."

„Ich bin kein kleines Kind mehr!", schnaubte Diana. „Und ich will nicht nach dieser schrecklichen Pflanze benannt werden, die schuld daran ist, dass ich verflucht bin."

„Schuld ist deine Mutter", korrigierte Hanna.

Lasse erschien mit einem Koffer im Zimmer und nahm Hanna die Kleider ab.

„Wohnte meine Mutter in Cannamara?", fragte Diana.

Hanna nickte.

„Würdest du mir zeigen, wo sie lebte?"

Erst zögerte ihre Ziehmutter, dann nickte sie aber erneut.

Vor dem Haus stand Hannas Zweispänner. Balthasar und Luzifer, zwei wunderschöne Rappen mit dichter Mähne, schnaubten zur Begrüßung.

Lasse öffnete den Damen galant die Tür der Kutsche. Diana raffte das Kleid und stieg mit pochendem Herzen ein. Jetzt würde es also losgehen. Hanna nahm ihr gegenüber auf dem schwarzen Leder Platz, während Lasse sich auf den Kutschbock setzte. Mit einem Ruck fuhr das Gespann los, und Dianas Herz machte einen harten Satz gegen ihre Brust. Gebannt blickte sie aus dem Fenster. Das Haus – ihr Zuhause – verschwand aus dem Blickfeld. Sie verspürte etwas Wehmut beim Abschied vom Vertrauten.

Während Lasse die Kutsche durch den Wald lenkte, bat Hanna: „Wenn wir in Cannamara sind, versprichst du mir, zu tun, was ich dir sage?"

Diana straffte ihren Rücken. „Kommt darauf ..."

„Es ist nur zu deinem Besten!", fiel ihr Hanna ins Wort. „Bleib immer in meiner Nähe und rede mit niemandem."

Diana verdrehte die Augen.

„Ich meine es ernst. Es gibt nicht nur nette Menschen, Rapunzel. Manche sind sogar darauf aus, uns zu töten."

„Wie meinst du das? *Uns?*", fragte Diana mit einem Kloß im Hals.

Hanna beugte sich vor und ergriff ihre Hände. „Mein Liebes, Lasse ist ein Mannwolf und wir beide sind Sukkuben. Weder Lasse noch wir können etwas für das, was wir sind, aber es gibt einen Orden der Kirche, der glaubt, dass wir mit dem Teufel im Bunde stehen."

„Einen Orden?", echote Diana.

„Der Acranum-Orden." Hanna tätschelte beruhigend ihre Hände. „Wenn du vorsichtig bist, wird dir nichts geschehen. Vertraue auf meine Erfahrung. Ich passe auf dich auf." Sie lächelte. Ihre Augen schimmerten feucht. „Du bist mein Ein und Alles, kleine Ra... Diana."

Ob die junge Frau wollte oder nicht, die Worte berührten sie. Hanna liebte sie, aber war es irgendwann nicht auch an der Zeit, das, was man liebte, loszulassen? Diana wünschte, sie hätte mit jemandem darüber reden können. Mit einer Freundin, einem Freund ... Vielleicht hätte sie mit dem Jungen aus dem Wald darüber sprechen können. Ja, bestimmt! Er hatte so erwachsen gewirkt für sein Alter. Als hätte er schon mehr von der Welt gesehen als sie.

„Wirst du mir gehorchen und vertrauen?", fragte ihre Ziehmutter.

Diana nickte.

„Gut." Hanna lehnte sich sichtlich entspannt zurück und schloss die Augen.

Diana hingegen blickte aus dem Fenster, ließ die Weizenfelder, auf denen gearbeitet wurde, an sich vorbeiziehen. Genauso die Dörfer, die Wiesen und Felder mit den Obstbäumen. Immer wieder kehrten ihre Gedanken zu dem Orden zurück.

„Hanna?", setzte sie nach einer Weile sanft an.

Die Angesprochene öffnete die Augen.

„Was sind das für Leute von diesem Acranum-Orden? Wie erkenne ich sie?"

Hanna rieb sich die Nasenwurzel mit Daumen und Zeigefinger. „Es sind Männer, die für die Kirche arbeiten. Sie tragen jedoch nicht die Kleidung der Geistlichen und sind deshalb auch nicht so einfach zu erkennen. Eine Tätowierung an ihrem Unterarm", Hanna deutete auf die Stelle, „verrät sie jedoch."

„Was ist das für eine?", hakte Diana nach. Gespannt lehnte sie sich nach vorne.

„Ein Kreuz, das von einem doppelten Kreis umgeben ist. In dem Kreis steht *Acranum*."

„Und was mache ich, wenn ich auf einen von ihnen treffe?"

Die Vorstellung, einem Kirchenmann gegenüberzustehen, der sie töten wollte, ließ sie schaudern.

Hanna tätschelte beruhigend ihr rechtes Knie. „Keine Sorge, ich halte die Augen offen."

Diana, die Pläne schmiedete, ihr Leben in die eigenen Hände zu nehmen, ließ sich von den gurrenden Worten nicht überzeugen. „Und wenn du doch mal nicht da bist?"

Hannas graue Augen verdunkelten sich. „Dann renn und vergiss nicht, deine Spuren zu verwischen."

Diana lehnte sich zurück. Die Vorstellung, diesem Orden in die Fänge zu geraten und ganz alleine zu sein, erfüllte sie mit Furcht. In diesem Augenblick war sie dankbar, einen starken Beschützer wie Lasse und eine erfahrene Frau wie Hanna um sich zu wissen. Das war auch der Moment, in dem sie begriff, wie abhängig sie von den beiden war. Wohlbehütet aufgewachsen im Wald, hatte sie in der Tat keine Ahnung von der Welt, wie Hanna es sagte, aber die war es schließlich gewesen, die sie nicht hinausgelassen hatte und es auch nicht wirklich wollte. Dieser Ausflug heute würde eine einmalige Sache bleiben, dessen war Diana sich ziemlich sicher. Nichtsdestotrotz oder vielleicht gerade deswegen war sie ganz begierig darauf, so viel wie möglich zu sehen und in sich aufzunehmen.

Auf ihrem Weg nach Cannamara machten sie nur einmal Rast, um die Pferde zu tränken und zu füttern. Am Nachmittag erreichten sie endlich die Stadt. Diana drückte sich die Nase am Fenster platt, als sie die mächtigen Stadtmauern passierten.

„Rapunzel, lehn dich zurück. Du siehst auch so genug."

Vielleicht lag es am Tonfall oder an der Übermutterung – möglicherweise auch an beidem, dass Diana zwar gehorchte, jedoch schmollend bemerkte: „Ich bin kein Kind mehr!"

Hannas rechter Mundwinkel zuckte nach unten, die Braue über dem linken Auge hob sich.

Diana sah sie herausfordernd an.

„Schön", entgegnete Hanna mit sarkastischem Unterton. „Dann bist du ja bereit, dich dem wahren Leben zu stellen."

6. Kapitel

*D*as wahre Leben, wie es Hanna bezeichnete, führte sie direkt in die stinkenden Gassen der Stadt. Diana, die auf dem Land aufgewachsen war, kannte den Geruch von Dung auf den Feldern und den des Misthaufens, aber was ihr nun entgegenschlug, raubte ihr den Atem. Ein beißender Gestank schwängerte die Luft. Sie hielt sich die Hand vor die Nase.

„Das ist das Odeur von Ammoniak", klärte Hanna ihren Schützling auf.

„Oder anders ausgedrückt", meldete Lasse sich grinsend zu Wort, „es riecht nach Pisse wie vor einer Spelunke."

Diana verzog das Gesicht.

„Manchmal vergesse ich, wie charmant du sein kannst", meinte Hanna.

Lasse zuckte mit den Schultern.

„Das ist das Gerberviertel", ergänzte sie.

Diana fühlte sich zwiegespalten. Der Gedanke, einfach umzukehren und sich in den Gasthof zu flüchten, wo sie sich zwei Zimmer genommen hatten, war verführerisch. Aber andererseits hatte sie immer danach gedürstet, mehr zu sehen als das kleine Dorf und ihr Haus im Wald. Doch nun, wo sie mit Hanna und Lasse nach der langen Kutschfahrt hier angekommen war, prasselten die Eindrücke wie Hagel auf sie hinab. Der Markt war laut und voller Menschen. Kleine, dürre Kinder hatten sie angebettelt, und Lasse musste sie mit einem Knurren verscheuchen. Und jetzt das Gerberviertel zu sehen – und zu riechen –, war alles andere als angenehm. Doch je weiter sie gingen, umso mehr gewöhnte sich Diana an den Gestank.

„Der Mensch kann sich an alles gewöhnen", sagte Hanna sanft. Lasse brummelte hinter ihnen etwas Unverständliches, das beide Frauen ignorierten.

Die Vorbehalte und auch die Angst vor dem Unbekannten begannen von Diana abzufallen, was sie mit Erleichterung bemerkte. Neugierig nahm sie alles um sich herum auf. Das Kopfsteinpflaster unter ihren Füßen, die Frauen und Männer, die das Leder der Tiere mit Lauge und Werkzeug bearbeiteten. Sie sah konzentrierte Gesichter, traurige, fröhliche. Kinder jagten lachend und kreischend die Straße hinunter. Eine Frau wusch mithilfe eines Stockes Felle im Fluss.

„Hier bin ich aufgewachsen." Hanna deutete auf ein Fachwerkhaus, dessen Fassade bereits bröckelte. „Mein Vater war Gerber. Er hatte acht Mäuler zu stopfen." Ihr Blick wurde glasig. „Die Winter waren hart. Manchmal hatten wir kaum etwas zu essen, ein bisschen Brotrinde, auf der wir möglichst lange herumkauten. Vier meiner Geschwister starben. Als meine Mutter bei der Geburt des achten Kindes verblutete und mein Vater sie verbrannte wie einen räudigen Köter, weil er kein Geld für ein anständiges Begräbnis hatte, schwor ich mir, nicht hier zu enden."

Ein Schauer jagte Dianas Rücken hinunter, als sie den Worten ihrer Ziehmutter lauschte.

„Friedrich, mein ältester Bruder, wohnt mit seiner Familie immer noch in dem Haus", fuhr Hanna fort. „Als ich zuletzt hier war, hauste sein Sohn mit Frau und sechs Kindern auch darin." Hanna schüttelte sich, als hätte sie etwas Ekelhaftes gesehen.

Zum ersten Mal gewährte sie Einblick in ihre Vergangenheit. Bisher hatte Diana nicht viel von ihr gewusst und auf Nachfragen harsche, abweisende Antworten erhalten.

„Besuchen wir ihn?", fragte sie leise.

Ehe Hanna antworten konnte, öffnete sich mit einem Knarzen die Tür. Ein Mann erschien, dessen Gestalt von einem entbehrlichen

Leben erzählte, aber auch von Freuden. Lachfalten hatten sich in seine Augen- und Mundwinkel gegraben. Er war attraktiv auf eine ganz besondere Weise, und als seine grauen Augen erstrahlten, war er trotz des Alters und der vielen Falten in seinem Gesicht – oder vielleicht gerade deswegen – schön.

„Hanna", sagte er mit warmer Stimme, und auch die Angesprochene stimmte sanfte Töne an.

„Friedrich. Wie geht es dir?"

Obwohl sie einander nicht berührten bei der Begrüßung, spürte Diana die Verbindung der Geschwister.

Er lachte. „Ich werde älter. Meine Kinder werden älter und deren Kinder. Die Welt verändert sich. Nur bei dir steht die Zeit still!" Er sprach die Worte aus, und als er der jungen Frau neben seiner Schwester gewahr wurde, warf er ihr einen besorgten Blick zu.

„Keine Sorge", sagte Hanna. „Das ist Diana, sie ist wie ich."

Friedrich sah sie an. „Ach Mädchen", seufzte er.

Diana zog nachdenklich die Augenbrauen zusammen.

„Wollt ihr hereinkommen?", fragte er dann.

Hanna verneinte. Sie zog aus der Tasche ihres Gewandes einen Beutel mit Münzen. „Hier, nimm."

Friedrich schüttelte den Kopf.

„Sei kein Narr", schnaubte Hanna.

Abwehrend hob ihr Bruder die Hände. „Ich will dein Geld nicht."

„Jedes Mal führst du diesen Tanz auf", beschwerte Hanna sich ohne Groll in der Stimme.

Diana verfolgte das Wort-Scharmützel amüsiert.

Irgendwann nahm Friedrich, sich immer noch beschwerend, das Geld entgegen. „Ich werde dich nie verstehen, Hanna", schloss er seine Tirade ab.

„Das musst du nicht."

„Wirst du wieder einmal vorbeikommen, bevor ich unter der Erde liege?", fragte er.

„Selbstverständlich." Hanna umarmte ihren Bruder einige Herzschläge lang, dann trat sie zurück und sagte im gewohnten energiegeladenen und bestimmten Tonfall: „Diana, Lasse. Wir gehen." Sie verließen das Gerberviertel in der entgegengesetzten Richtung.

„Hast du gesehen, wie gebrechlich mein Bruder ist? Wie gebeugt er dagestanden hat? Er wird vielleicht tatsächlich bald unter der Erde weilen. Einst war er ein schöner junger Mann, hat vor Kraft gestrotzt, nun ist er nur noch ein Abbild seiner selbst, so wie es allen Menschen ergeht."

Diana wollte sagen: *Ich finde ihn immer noch schön,* verkniff es sich dann aber. Sie erkannte, dass Hanna nicht das sah, was sie gesehen hatte. Einen Mann, der trotz aller Entbehrlichkeit sein Leben gelebt hatte und zufrieden mit sich selbst war. Diana fragte sich, ob sie eines Tages auch so wie er sein würde, aber dann erinnerte sie sich schmerzlich daran, dass sie niemals älter werden würde. Trauer überkam sie wie ein plötzlicher Regenguss. Doch statt wie eine Blume im Regen aufzugehen, ließ sie ihre Schultern und den Kopf hängen. Was brachte ihr ein ewiges Leben, wenn es so viel Verzicht gab? So viel Einsamkeit. Sie blinzelte die aufsteigenden Tränen weg. Von der Seite betrachtete sie Hanna und Lasse, wie sie nebeneinander herliefen. Zielgerichtet, ein eingespieltes Team, aber keine Liebenden, oder etwa doch? Diana runzelte nachdenklich die Stirn, während sie den beiden durch die Gässchen folgte. Lasse sah Hanna manchmal an, auf eine verträumte, hoffende Art, das war ihr aufgefallen, aber erst vor Kurzem. Früher hatte sie dem keine Beachtung geschenkt, aber jetzt war es so, als würde sie die Dinge mit anderen Augen sehen. Vielleicht hatte es mit der

Erfüllung des Fluchs zu tun, vielleicht war sie aber auch einfach nur älter geworden.

„Rapunzel, schleich nicht hinter uns her", rief Hanna.

Ich werde den Namen nie los, so lange ich unter ihrem Dach wohne, dachte Diana missmutig, verkniff sich aber eine Korrektur.

Lasse legte ihr den Arm um die Schultern. „Mädchen, gleich kommen wir wieder auf den Markt, und was habe ich dir gesagt?"

„Sei wachsam, hier lauern Diebe und Halunken." Diana rollte mit den Augen.

„Genau, und deswegen …"

„Immer schön in deiner Nähe bleiben. Weil du jedem, der Hanna oder mir zu nahe kommt, das Herz herausreißt."

Lasse grinste nickend.

„Und wohin gehen wir jetzt?", fragte Diana ihre Ziehmutter.

„Jetzt zeige ich dir, warum der Fluch ein wahrer Segen ist."

7. Kapitel

„Was für ein Ort ist das?", fragte Diana, als sie vor dem einstöckigen Gebäude standen.

„Es ist ein Hospiz für Kranke. Sieh genau hin, wenn wir reingehen. Atme die Luft des Todes und der Krankheit tief in deine Lungen ein", wies Hanna sie grimmig an.

„Während die Damen sich den Duft des dahinscheidenden Lebens zu Gemüte führen, werde ich dort drüben warten." Lasse deutete auf eine Bank, die unter einem Baum stand.

Diana hätte gerne mit ihm gewartet, doch Hanna ergriff ihre Hand und zerrte sie mit zu der Eingangstür, wo sie die Türglocke betätigte. Ein Hebel, der in die Wand eingelassen war und irgendwo dahinter eine Glocke erklingen ließ.

Ein Geistlicher in einer braunen Kutte öffnete. Hanna drückte ihm eine Goldmünze in die Hand und erklärte ihm mit wenigen Sätzen, dass sie ihrer Tochter Demut und Dankbarkeit beibringen wolle, indem sie ihr die armen, verlorenen Seelen zeigte. Der Geistliche hörte das gerne. Er führte die beiden Frauen in einen großen Raum, in dem unzählige Betten standen, von denen aber dennoch zu wenige vorhanden waren, denn in vielen lagen zwei oder gar drei Menschen zusammengepfercht.

Der säuerliche Geruch von Erbrochenem und menschlichen Exkrementen lag in der Luft. Hanna hielt sich ein Taschentuch vor die Nase. Diana wollte es ihr nachtun, aber Hanna zischte: „Nein, riech es. Das ist das Leben der Sterblichen. Nimm es in dich auf. Sieh dir die Leute ganz genau an."

Diana kämpfte gegen einen aufkommenden Würgereiz. Am liebsten wäre sie davongerannt, aber sie wagte es nicht. Sie hoffte, dem unangenehmen Teil ihrer Reise würde auch noch ein angenehmer folgen. Kranke blickten ihr aus rotgeränderten oder gelblichen Augen entgegen. Eingefallene Wangen ließen die Gesichter aussehen wie Totenschädel. Ein eisiger Schauer jagte Dianas Rücken hinunter – mal wieder.

„Das hier ist das Schicksal der Sterblichen. Ein Schicksal, vor dem wir bewahrt bleiben", raunte Hanna ihr zu. „Du und ich, wir werden niemals hier liegen. Der vermeintliche Fluch ist eigentlich ein Segen – wie ich es dir schon gesagt habe."

Diana faltete die Hände vor der Brust, als könne sie damit abwehren, was sie sah und hörte.

Aus den Krankenlagern erklang leises Stöhnen. Irgendwo weiter hinten schrie jemand unter Schmerzen. Diana konnte kaum noch atmen, ihre Gedanken kreisten …

Ein Pater kam auf sie zu.

„Kann ich Ihnen behilflich sein?", fragte er.

Hanna erzählte ihm die gleiche Geschichte, die sie dem Geistlichen an der Tür aufgetischt hatte. Dieser Pater war aber äußerst geschwätzig und schien auf Spenden zu hoffen, denn er nahm Hanna sofort für sich ein, ohne Diana Beachtung zu schenken.

„So viele arme Seelen. Wir haben kaum genügend Geld und Zeit, sie alle zu pflegen und beim Sterben zu begleiten …"

Die Worte wurden zu einem stetigen Plätschern in Dianas Ohren. Hanna versuchte, den Geistlichen abzuwimmeln, und bemerkte nicht, wie ihre Ziehtochter, einer Schlafwandlerin gleich, weiterlief. Als Diana an einem der Betten vorbeiging, bäumte sich ein Kranker darin auf, würgte und spuckte einen Schwall Blut auf den Boden, direkt vor ihre Füße. Mit einem Aufschrei rannte sie aus dem Hospiz. Draußen vor der Tür rang sie nach Luft, während ihr ganzer Körper zitterte.

„Ist Ihnen nicht wohl, gnädige Frau?", fragte eine sonore Stimme.

Überrascht blickte Diana auf. Vor ihr stand ein Mann in der schlichten Kutte der Mönche. Er hatte die Kapuze über den Kopf gezogen und hielt diesen gesenkt, sodass sie sein Gesicht nicht sehen konnte.

„Ich habe mich nur erschreckt", antwortete Diana zögerlich. Sie fand es unheimlich, mit jemandem zu sprechen, dem sie nicht ins Antlitz blicken konnte.

„Wegen der Kranken?"

Sie nickte, und weil sie nicht sicher war, ob er es gesehen hatte, schob sie ein brüchiges „Ja" hinterher.

„Ihr seid zum ersten Mal in einem Hospiz." Es war mehr eine Feststellung als eine Frage.

„Ja."

„Habt Ihr Durst?", fragte der Mann freundlich.

„Ja", hauchte Diana.

„Kommt, folgt mir."

Diana gehorchte zögerlich. Hanna würde verärgert sein, dass sie einfach weggelaufen war und nicht wieder zurückkam, aber wenn sie nur daran dachte, wieder in diesen Raum zurückzukehren mit all den Kranken und Sterbenden, wurde ihr ganz klamm. Außerdem hatte sie Durst.

Der Geistliche führte sie zu einem Brunnen. Etwas umständlich bediente er die Winde, ließ den Holzeimer ins Wasser eintauchen und zog ihn wieder herauf. Er reichte Diana eine Kelle, damit sie Wasser schöpfen konnte.

Durstig schlürfte die junge Frau das kühle Nass. „Danke", sagte sie und lächelte. Dabei sah sie dem Mann direkt in die blauen Augen. Augen so blau wie ein See.

Ihr Puls beschleunigte sich.

Der Mann schob die Kapuze zurück. „Erlaubt Ihr mir eine Frage?"

„Der Junge aus dem Wald?", platzte es aus Diana heraus. Er sah genauso aus wie in ihren Träumen. Das kantige Gesicht, die wunderschönen blauen Augen mit den dunklen Wimpern, sein längeres, schwarzes Haar. Die hohen Wangenknochen. Ungläubig blinzelte Diana, als könne er wie ein Fiebertraum verschwinden.

„Diana." Er flüsterte ihren Namen. In seinen Augen lag ein Glanz der Freude. „Ich habe immer an dich gedacht."

„Und ich an dich."

Sie lächelten einander an. Diana fühlte sich federleicht. Als hätte sie Wein getrunken und nicht Wasser.

„Du bist ein Priester?"

Er schüttelte sachte den Kopf. „Ich bin hier, um einen klaren Kopf zu bekommen."

Sie zog fragend die Augenbrauen hoch.

Der Junge aus dem Wald, der jetzt ein Mann war, winkte lachend ab. „Es hört sich vielleicht lächerlich an, aber ich verstecke mich hier vor meinen Eltern, um Ruhe und Zeit zum Nachdenken zu haben."

„Ich möchte mich auch verstecken", gestand Diana.

Das Lächeln, das seine Mundwinkel nach oben zog und süße Grübchen in seine Wangen bohrte, spiegelte sich in seinen Augen, und Diana fühlte sich, als wäre sie angekommen.

Etwas verträumt sagte er: „Vielleicht hätten wir damals im Wald einfach gemeinsam weglaufen sollen."

„Ja, vielleicht", entgegnete sie. „Ich hätte dich gerne noch näher kennengelernt."

„Ich dich auch", gestand er ihr.

„Wie ist eigentlich dein Name?", wollte sie wissen. „All die Jahre habe ich mir überlegt, wie du wohl heißen könntest." Diana erinnerte sich an die Nächte, in denen sie die Decke angestarrt und leise verschiedene Namen vor sich hin geflüstert hatte.

Er grinste. „Welche Namen sind dir denn da in den Sinn gekommen?"

„Dumme Namen", wiegelte Diana ab. Ihre Wangen brannten heiß. Sie wünschte, sie hätte es nicht erwähnt.

„Rapunzel!"

Der Ruf ließ sie zusammenzucken, und auch der junge Mann erschrak, als Hanna mit gerafftem Kleid und sichtlich verärgert angerauscht kam.

„Ich dachte, du heißt Diana?"

„Rapunzel ist ein blöder Kosename", murrte sie.

„Sie nennt dich nach einem Feldsalat?!", gluckste er, dessen Namen sie noch immer nicht kannte.

Diana sah ihn wütend an.

„Schau nicht so ernst. Die Falten stehen dir nicht", neckte er sie, und dann fragte er schnell: „Wohnst du in der Stadt?"

„Wir … wir sind nur für eine Nacht hier", erwidert sie. Weiter kam sie nicht, denn Hanna hatte sie erreicht.

„Warum bist du einfach verschwunden?", schnauzte sie ihre Ziehtochter an.

„Ich … ich … ein Kranker hat mich erschreckt", erklärte sie.

Hanna verschränkte die Arme vor der Brust. „Du weißt doch ganz genau, was ich dir gesagt habe?!"

Diana presste ihre Lippen zusammen und schob das Kinn nach vorne. Es gefiel ihr nicht, dass Hanna sie vor ihrer Bekanntschaft so behandelte.

„Es war meine Schuld", meldete sich der Namenlose zu Wort. „Ich habe Ihre … äh …"

„Tochter!" Hanna würdigte ihn erst jetzt eines Blickes. Staunen machte sich auf ihrem Gesicht breit. „Prinz Maximilian?"

„Ja, der bin ich", erwiderte er, der nun endlich einen Namen und sogar einen Rang hatte.

Dianas Mund klappte auf. Ein Prinz!

„Ich habe Eure Tochter aufgehalten. Sie wollte zurück zu Euch, aber ich bat sie um Hilfe. Ungeschickter Aristokrat, der ich doch bin, brauchte ich Unterstützung beim Wasserschöpfen aus dem Brunnen." Er deutete auf den Eimer auf dem Brunnenrand.

Hannas linker Mundwinkel zuckte zynisch nach oben. „Soso. Und wie kommt es, dass Hoheit eine Mönchskutte trägt?"

„Ich helfe hie und da aus. Meine Eltern wollen mich Demut lehren", log der Prinz.

„Deswegen sind wir auch hier", sagte Hanna und hakte sich bei Diana unter. „Und jetzt müssen wir auch schon wieder weiter. Eure Hoheit." Sie beugte sich leicht nach vorne.

Diana war unfähig, sich von Maximilian zu verabschieden. Sie konnte ihn einfach nur anstarren. Erst als er lächelte und ihr zunickte, erwachte sie aus der Erstarrung und erwiderte sein Lächeln stumm.

Hanna zog sie unbarmherzig weiter. Diana konnte nur noch einen letzten Blick über ihre Schulter werfen. So gerne hätte sie sich noch länger mit ihm unterhalten, und gleichzeitig schlug ihr Herz schnell und hart gegen ihre Brust.

„Was für eine Begegnung", meinte Hanna. „Der Prinz höchstpersönlich. Ich habe von ihm schon einiges gehört und auch Bilder von ihm gesehen. Allerdings habe ich angenommen, der Maler würde ihm bloß schmeicheln wollen. Aber er sieht in der Tat so gut aus." Dabei lächelte sie Diana an.

„Was hast du von ihm gehört?" Diana versuchte, ihrer Stimme eine Gleichgültigkeit zu geben, aber in ihren eigenen Ohren klangen ihre Worte viel zu schrill.

„Er soll sehr eigensinnig sein. Als Kind wäre er sogar einmal weggelaufen und hätte sich auf einem Bauernhof versteckt. Dann behaupten böse Zungen, er würde kein Interesse an Frauen haben, dafür an Männern. Andere sagen, er sei ein Träumer und kein zukünftiger König. Sein Bruder wäre besser auf dem Thron aufgehoben."

Dianas Hände krallten sich in den Stoff ihres Kleides. Sie hoffte, dass einige der Geschichten wahr waren, andere nicht. In ihren Träumen war er immer sehr interessiert gewesen an ihr – dem weiblichen Geschlecht –, aber was konnte das schon heißen? Es waren Träume, mehr nicht. Das zumindest hatte sie bis zu dieser Begegnung gedacht, aber dann hatte er vor ihr gestanden: Maximilian. Gerne hätte sie den Namen laut ausgesprochen. Prinz Maximilian.

Sofort schalt Diana sich eine Närrin. Sie hatte ihre Nase zu oft in romantische Bücher gesteckt.

„Was glaubst du? Ist er ein König?", riss Hanna sie aus den Gedanken. „Oder bloß eine hübsche Hülle ohne Inhalt?"

Diana dachte an die beiden kurzen Begegnungen, die sie mit Maximilian gehabt hatte. Keine gab ihr das Recht dazu, über ihn zu urteilen, aber daran lag ihr auch nichts. Vielmehr wollte sie ihn verteidigen.

„Ich denke, er ist mehr als nur eine hübsche Hülle."

Hanna lächelte. „Ja, das denke ich auch. Deswegen habe ich ihn auch am Leben gelassen."

Schockiert sah Diana ihre Ziehmutter an. Diese brach in schallendes Gelächter aus. „Ich scherze. Wir vergreifen uns nie an politisch wichtigen Personen, auch wenn es verführerisch ist", stellte Hanna klar. „Jemand *Wichtiges* zu töten – das bringt nur Ärger. Schreib dir das hinter deine hübschen Öhrchen."

Diana nickte.

„Und was nimmst du mit von unserem Besuch im Hospiz?", fragte Hanna.

„Dass es ein schrecklicher Ort ist", erwiderte Diana und fügte in Gedanken hinzu: *Aber auch an einem schrecklichen Ort geht eine Sonne auf.*

„Das, was du heute gesehen hast, mein Liebes, bleibt uns erspart, dank des Fluchs. Wir können uns glücklich schätzen."

Diana seufzte ein „Ja."

„Bist du müde?", fragte Hanna fürsorglich.

Die junge Frau nickte.

Hanna strich ihr zärtlich über den Kopf. „Das waren auch viele Eindrücke für einen Tag."

Ja, es waren wirklich viele Eindrücke gewesen. Diana ging sie, als sie viel später im Bett lag, im Geiste nochmals durch. Die laute Stadt, die Menschen auf dem Markt. Das Stadtviertel der Gerber, die Begegnung mit Friedrich, das Hospiz mit seinen Kranken und schließlich das Wiedersehen mit Maximilian. Wenn sie daran dachte, wurde ihr ganz warm ums Herz, und so schlief sie schließlich müde und glücklich ein.

8. Kapitel

$\mathcal{M}$aximilian fühlte sich trunken. Trunken von der kurzen Begegnung mit Diana, dem Mädchen aus dem Wald. Schon als sie aus dem Gebäude gerannt kam, glaubte er, sie erkannt zu haben, aber gleichzeitig wusste er, dass er auch schon in früheren Zeiten andere blonde Mädchen für sie gehalten hatte, weil er sich so sehr wünschte, sie wiederzusehen. Dieses Mal war es aber tatsächlich Diana gewesen. Aus dem Mädchen war eine Frau geworden, doch der hübsche, herzförmige Mund war noch derselbe. Ebenso die großen, blauen Augen mit den langen Wimpern, die feine Nase, das ovale Gesicht und die wunderschönen langen, blonden Haare. Er hatte sie noch so vieles fragen wollen, aber dann war diese Frau aufgetaucht, die behauptete, ihre Mutter zu sein, trotz fehlender Ähnlichkeit. Maximilian wusste nicht, was er davon halten sollte. Und dann dieser seltsame Kosename.

Er schüttelte in Erinnerung daran den Kopf. Gleichzeitig setzte er sich in Bewegung. Er musste das Kloster verlassen, aber zuerst musste er zu Thomas gehen.

Sein bester Freund seit Kindertagen stand in der Küche und half zwei Priestern dabei, das Essen zuzubereiten.

„Ich muss dich sprechen", sagte Maximilian.

„Aber das Essen …" Thomas deutete auf das Gemüse, das er gerade schnitt.

„Darum müssen sich andere kümmern", sagte Maximilian, und an die Geistlichen gewandt: „Pater Johann, Pater Matthias, wir müssen bedauerlicherweise das Hospiz verlassen."

„Ist Abt Wilhelm darüber informiert?", fragte Johann.

„Ich werde ihn in Kenntnis setzen", erwiderte Maximilian knapp und ließ zwei verwunderte Priester zurück.

Im Stechschritt marschierte Maximilian zu der Kammer, die er gemeinsam mit Thomas für die Zeit im Hospiz bezogen hatte. „Was ist geschehen? Warum willst du jetzt schon gehen? Ich dachte, du wolltest dir Zeit lassen, um dir über einige Dinge klar zu werden?" Kopfschüttelnd setzte sich sein Freund auf das Bett, während Maximilian in dem kleinen Zimmer auf und ab ging.

„Ich habe sie gesehen!" Er grinste.

„Wen?"

„Das Mädchen von damals aus dem Wald." Der Prinz nahm auf dem Bett gegenüber seinem Freund Platz. „Stell dir vor: Sie war hier im Hospiz." Er schilderte Thomas, was sich ereignet hatte. „Sie ist das bezauberndste Wesen, das ich jemals gesehen habe. Unschuldig, schön, und in ihren Augen konnte ich eine Tiefe erkennen …" Maximilian seufzte.

Thomas auch, aber aus anderen Gründen. „Und nun willst du von hier verschwinden wegen eines Mädchens, das du irgendwann vor Jahren einmal im Wald gesehen hast und jetzt für ein paar Minuten hier?" Er starrte seinen Freund entgeistert an. „Bist du verrückt?"

Maximilian stützte seine Arme auf den Knien ab und faltete die Hände. Den Kopf hielt er gesenkt, während er nachdenklich auf seiner Unterlippe kaute. Thomas war der Sohn des Hofmeisters. Hofmeister Ludwig war vermutlich der einzige Mann, auf den sein Vater hörte, und wenn Maximilian ehrlich war, so war Thomas der Einzige, auf den er hörte – meistens jedenfalls.

Der Prinz sah auf. „Thomas, ich kann sie nicht vergessen. Konnte sie nie vergessen."

„Dein Vater wird aus der Haut fahren. Was ist mit deinem Altruismus geschehen? Das …" Er machte eine Handbewegung, die das Zimmer umschloss, aber das ganze Hospiz meinte. „Das hier hätten wir ihm erklären können. Das hätte er vielleicht noch für gut befunden, aber was willst du denn jetzt tun, Maximilian? Dem Mädchen nachrennen? Wer ist sie überhaupt? Von welchem Stand ist sie?"

Der Prinz stand auf und fuhr sich mit beiden Händen durchs Haar. „Wir müssen gar nichts meinem Vater erklären. Ich bin es, der dafür geradestehen muss, und es interessiert mich nicht, von welchem Stand Diana ist." Etwas ruhiger und leiser fügte er hinzu: „Ich will sie nicht wieder verlieren."

„Du hast sie nie gehabt." Thomas erhob sich ebenfalls und legte seinem Freund die Hände auf die Schultern. „Sie ist ein Mädchen, das du seit Jahren idealisierst und …"

„Ich glaube, das Schicksal hat uns damals und heute zusammengeführt", unterbrach Maximilian.

Thomas packte seinen Freund fest bei den Schultern und schüttelte ihn. „Ich will nicht, dass dein Vater recht hat."

Maximilian entriss sich dem Griff. „Womit?"

„Dass du ein verträumter Narr bist, der das Land nicht regieren kann."

Der Prinz schnaubte, ging zum Schrank und packte sein Bündel.

„Solltest du nicht zuerst zu Abt Wilhelm gehen?"

„Ich packe, dann gehe ich zu ihm. Es bleibt uns nicht mehr viel Zeit. Sie ist nur für eine Nacht in der Stadt."

„*Uns?*", fragte Thomas.

„Mir", korrigierte Maximilian. „Du kannst zurück an den Hof gehen, wenn es dir beliebt."

Thomas lachte schallend auf. „Wenn es mir beliebt!", echote er. „Meinst du, ich habe Lust darauf, den bohrenden Fragen deines Vaters standzuhalten, der wissen will, wo sein ältester Sohn ist?"

Maximilian zuckte mit den Schultern.

„Ich bin mit dir hierhergekommen, also werde ich dich auch auf der Suche nach Diana begleiten."

„Danke."

„Das mache ich nicht selbstlos", stellte Thomas fest. „Es geht mir darum, meinen Hals zu retten. Dein Vater wird mich umbringen, wenn dir etwas geschieht."

Der Prinz schüttelte den Kopf. „Sicherlich nicht."

„Doch, wird er."

„Na ja, er wird nur …"

„Maximilian!", unterbrach ihn sein Freund. „Er wird es tun."

„Die Möglichkeit könnte bestehen", räumte der Prinz ein.

„Sie ist praktisch greifbar." Thomas lachte auf. Es war ein freudloses Lachen.

„Keine Sorge", meinte Maximilian leichthin. „Was soll schon passieren? Ich will Diana doch bloß besser kennenlernen."

Abt Wilhelms Arbeits- und Empfangszimmer befand sich in einem Nebengebäude zwischen den Wohnräumen der Geistlichen und dem Hospiz.

Die Tür war geschlossen, und Maximilian klopfte an. Thomas nestelte an der Schnur, die als eine Art Gürtel seiner Kutte fungierte. „Eigentlich hätten wir uns schon umziehen können", meinte er. „So gerne trage ich das Gewand nicht. Es schadet meiner noblen Ausstrahlung."

Maximilian rollte mit den Augen. „Du weißt, Abt Wilhelm hält nur bis zum Abendessen Audienzen."

Die Tür würde geöffnet. Es war der Abt selbst.

„Maximilian, Thomas, was führt euch zu mir?", fragte Wilhelm überrascht und blickte von einem zum anderen. Der Abt war ein kleiner untersetzter Mann mit schütterem Haar.

„Ich … wir müssen Euch dringend sprechen", erklärte der Prinz.

Abt Wilhelm blickte über seine Schulter. „Nun, ich habe einen Gast, aber vielleicht trifft es sich ganz gut, dass ihr beiden hier seid. Kommt." Er trat zur Seite, sodass die jungen Männer eintreten konnten.

Die Räumlichkeiten des Abtes waren spartanisch, sah man von den Buchschätzen ab, die sich in den Regalen an den Wänden zur linken und rechten Seite erhoben. Ein großes, jedoch eher schlichtes Holzkreuz prangte an der Wand hinter dem Schreibtisch.

„Melech, darf ich dir Seine Hoheit Prinz Maximilian und seinen Gefolgsmann Thomas vorstellen."

Der Gast, der zuvor noch in einem Stuhl vor dem Schreibtisch gesessen hatte, erhob sich.

Ein Schauer jagte dem Prinzen den Rücken hinunter, als er in die stahlblauen Augen des Endvierzigers blickte.

„Hoheit, das ist Melech, ein Mitglied des berühmten Acranum-Ordens."

Der große, schlanke Mann verbeugte sich leicht. „Seine Hoheit trägt die Kleidung des Klosters", stellte Melech fest, die schmalen Lippen zu einem Lächeln geformt.

„Der Prinz ist hier, um sich in Demut zu üben", erklärte Wilhelm. „Sein Vater hatte diese Idee."

Brav gab der Abt die Lüge wieder, die Maximilian ihm aufgetischt hatte.

„Tatsächlich?" Erstaunen zeichnete sich auf dem schmalen Gesicht Melechs ab. „Ich dachte, Euer Vater sei eher ein Mann des Schwertes und Schildes."

„Mein Vater ist immer für eine Überraschung gut", erwiderte der Prinz.

„Nehmt bitte Platz", forderte der Abt die jungen Männer auf und deutete auf die Stühle vor dem Schreibtisch. Der Geistliche selbst ließ sich mit einem Seufzer ebenfalls nieder. „Melech ist hier in einer sehr ernsten Angelegenheit", offenbarte Wilhelm.

„Verfolgt Ihr Wesen des Teufels?", fragte Maximilian.

Melech nickte. „In der Tat."

„Was für Wesen?", wollte Thomas wissen.

Der Ordensbruder lehnte sich im Stuhl zurück, die Fingerspitzen seiner Hände drückte er gegeneinander. Seine Miene war ernst. „Was wissen die jungen Herren über den Orden und die Wesen des Teufels?"

Thomas zuckte mit den Schultern, und Maximilian antwortete: „Ihr verfolgt Hexen und Vampire."

„Das ist korrekt. Wir dürfen uns jedoch rühmen, dass wir sehr erfolgreich waren in der Ausrottung der Vampire. Anders verhält es sich jedoch mit den Wesen, die sich leichter unter unseresgleichen bewegen können. Namentlich Hexen, Sukkuben und Mannwölfe."

Maximilian und Thomas warfen sich einen fragenden Blick zu, ehe der Prinz sich erkundete: „Sind Sukkuben eine Art Dämon?"

„Es sind wohl eher Frauen, die einen Pakt mit dem Teufel eingegangen sind. Sie verführen Männer und töten sie. Im Gegenzug bleiben sie auf immer jung und schön", stellte Melech richtig. „Sie sind äußerst schwer zu erwischen. Außerdem gibt es nicht viele – nehmen wir zumindest an. Sie sind nicht vergleichbar mit Hexen oder diesem Vampirgesindel, das sich vermehrte wie Ratten." Er schüttelte sich.

„Doch ihr hattet eine vor wie vielen Jahren? Zwanzig?", fragte Abt Wilhelm.

„Das ist korrekt. Mir war es gelungen, das Geschöpf gefangen zu nehmen. Ich wollte es nach Rom bringen, um es genauer untersuchen zu können, aber als ich mich mit einer Handvoll Männer noch auf die Jagd nach dem letzten Vampir machte, verführte sie einen meiner Begleiter. Von ihm blieb nur ein Häufchen Asche zurück. Seinem Kollegen ist es nicht viel besser ergangen. Ein Mannwolf half dem Sukkubus." Melech verzog sein Gesicht bei der Erinnerung.

„Das klingt nach einer sehr wichtigen und gefährlichen Aufgabe", meinte Maximilian.

Melech nickte. „Ich bin hier, um Abt Wilhelm zu fragen, ob er in seinem Hospiz integre Männer hat, die dem Charme einer schönen Frau widerstehen können und mir helfen, den Sukkubus zu töten."

Abt Wilhelm lehnte sich überrascht vor: „Du willst ihn nicht nach Rom bringen?"

„Ich habe die Erlaubnis, den Sukkubus zu töten." Melech lächelte ein Haifischlächeln.

Erneut jagte ein Schauer Maximilians Rücken hinunter.

„Wie sieht so ein Sukkubus aus?", wollte Thomas wissen. In seinen Augen lag ein verräterisches Funkeln, das Maximilian nur zu gut von seinem Freund kannte. Was Frauen anbelangte, war er kein unbeschriebenes Blatt.

„Grundsätzlich solltet Ihr euch vor jeder schönen Frau in Acht nehmen", grinste Melech, und der Abt gackerte zustimmend. „Aber diese eine Frau, die ich suche, hat sehr langes, schwarzes Haar und graue Augen. Sie ist schlank und groß für eine Frau." Melech zog aus seinem Umhang eine Zeichnung hervor. „Ich habe versucht, sie zu zeichnen, wie ich sie in Erinnerung hatte."

Maximilian erstarrte, als er das Porträt sah. Dianas vermeintliche Mutter!

„Kennt Ihr sie?", fragte Melech.

„Ich?", krächzte der Prinz. „Nein, ich bin nur beeindruckt, wie gut Ihr zeichnen könnt. Ihr seid ein Künstler."

„Ach, na ja", winkte Melech ab und steckte die Zeichnung wieder ein. „Jedenfalls bin ich auf einer heißen Spur. Die Frau wurde hier in der Stadt gesehen."

„Tatsächlich?" Maximilian versuchte, seine Stimme ruhig klingen zu lassen.

Melech nickte.

„Noch so gerne würde ich dir Männer zur Verfügung stellen", meldete sich der Abt zu Wort. „Aber keiner von ihnen ist in der Lage, mit einer Waffe umzugehen."

„Thomas und ich könnten Euch helfen", warf Maximilian ein.

„Könnten wir?", fragte Thomas erstaunt.

Der Prinz warf ihm einen Blick zu, der besagte: *Sei einfach still und nicke.* „Selbstverständlich", fuhr er fort. „Sofern der Abt uns entbehren kann." Er blickte zu Wilhelm, der bereits nickte.

„Eure Hoheit, was wird Euer Vater dazu sagen?", fragte Melech.

„Die Kirche ist ihm wichtig, auch wenn Ihr anders vermutet", log Maximilian. „Und wenn wir Euch helfen können, im Sinne der Kirche zu handeln und gleichzeitig das Volk vor solch gefährlichen Wesen zu schützen, dann ist es auch in seinem Interesse."

„Nun, ich bin mir sicher, dass Ihr beide mit dem Schwert umgehen könnt, aber seid Ihr jungen Männer auch in der Lage, einer schönen Frau zu widerstehen?"

„Ja", antwortete Maximilian mit fester Stimme. Die Hände hatte er in seinem Schoß zu Fäusten geballt.

„Ich weiß nicht recht, ob Euer Vater wirklich damit einverstanden wäre. Ihr habt mir erzählt, Ihr solltet hier den Kranken helfen und Euch in Demut üben", warf Abt Wilhelm ein.

Maximilians Herz wummerte hart und schnell in der Brust. Seine Gedanken überschlugen sich förmlich, aber irgendwie schaffte er es, diesen innerlichen Sturm nicht an der Oberfläche ausbrechen zu lassen. Gefasst antwortete er: „Mein Vater würde es begrüßen, wenn ich die Kirche im Kampf gegen das Böse unterstütze. Das Wohl und die Sicherheit des Volkes liegen ihm am Herzen."

Wilhelm sah Melech fragend an.

„Nun, wenn die beiden jungen Männer sicher sind, Herr ihrer Lust zu sein, dann dürfen sie mich begleiten – sofern du mir keine Alternative anbieten kannst, Wilhelm."

„Warum hast du niemanden aus Rom mitgebracht?", wollte der Abt wissen.

Melech wirkte sauertöpfisch, als er sagte: „Der Orden hat zu wenig Nachwuchs, und das Böse schießt förmlich auf der ganzen Welt aus dem Boden wie Unkraut."

„Thomas und ich werden Euch nicht enttäuschen", versprach Maximilian.

„Nun denn", meinte Melech. „Dann werden wir uns morgen früh auf den Weg machen. Ab Morgen seid Ihr zwei einfache Männer der Kirche. Ich werde Euch duzen, und Ihr werdet meinen Befehlen gehorchen – um Eurer eigenen Sicherheit willen." Melech streckte dem Prinzen seine große, schmale Hand hin.

„Einverstanden." Maximilian schlug ein.

Abt Wilhelm hatte keine Einwände mehr. Er klatschte in die Hände und meinte: „Dann sollten wir jetzt zum Abendessen schreiten."

„Hast du komplett den Verstand verloren?", entfuhr es Thomas, als sie nach dem Essen wieder in ihrer Kammer waren. „Was soll das? Ich dachte, du wolltest Diana finden."

„Will ich ja auch", sagte Maximilian. Dieses Mal war er es, der auf dem Bett saß, während sein Freund unruhig im Raum auf und ab ging.

„Warum helfen wir diesem … diesem unheimlichen Kerl, irgendeine Frau zu suchen, die angeblich Männer tötet?"

„Weil sie Dianas Mutter ist", antwortete Maximilian.

Thomas blieb stehen, um seinen Freund entsetzt anzuschauen. „Das würde dann ja bedeuten, dass auch Diana eine Braut des Beelzebub ist", zeterte Thomas los. „Das würde deine Besessenheit erklären. Himmel! Maximilian, verlierst du langsam wirklich den Verstand?" Er ließ sich neben dem Prinzen aufs Bett sinken.

„Ich glaube nicht, dass Diana die Tochter dieser Frau ist. Sie sehen sich überhaupt nicht ähnlich."

Thomas schlug die Hände über dem Kopf zusammen. „Und auch wenn sie es nicht ist, kann sie trotzdem so ein Sukkubus sein." Maximilian schüttelte entschlossen den Kopf, aber in seinem Inneren nagte die schreckliche Kälte der Ungewissheit.

„Denk nach, oder willst du dich wirklich ins Verderben stürzen?" Maximilian fuhr sich mit beiden Händen durchs Haar. „Ich kann Diana nicht einfach vergessen und nach Hause zurückkehren, als wäre nichts gewesen."

„Dein Vater wird bald Leute aussenden, um dich zu suchen", sagte Thomas. „Und wir beide werden immer mit der Gefahr im Nacken, entdeckt zu werden, auf den Straßen rumlaufen."

„Ich werde die Kutte tragen und du auch. So einfach ist das."

„Sagst du." Thomas lachte bitter auf.

„Dann verschwinde einfach und lass mich alleine", rief Maximilian aufgebracht. „Ich brauche dich nicht!" Wütend stürmte der Prinz aus dem Zimmer. Er hatte sowieso nicht vorgehabt, sich schlafen zu legen. Er wollte die Gasthöfe absuchen und Diana warnen.

9. Kapitel

Ein greller Schmerzensblitz zerriss die Dunkelheit von Dianas Schlaf. Sie krümmte sich auf der Seite liegend zusammen. Die Pein strahlte von ihrem Bauch aus in ihren ganzen restlichen Körper. Gerade als sie dachte, sie würde ohnmächtig werden, verschwand der Schmerz.

Verschwitzt und keuchend setzte sie sich auf. Mit zitternder Hand stellte sie die Öllampe an. Das warme Licht erhellte den kleinen Raum und damit auch das Bett gegenüber von ihrem, das leer war. Lediglich das zerknitterte Laken deutete darauf hin, dass Hanna darin gelegen hatte.

Diana wollte sich erheben, als erneut der Schmerz durch ihren Körper strahlte. Dieses Mal dumpfer und gleichmäßig durch alle Glieder. Sie krümmte sich wieder, ballte die Hände zu Fäusten. So schnell der Schmerz aufflammte, so schnell ebbte er auch wieder ab. Sie entspannte ihre Finger und erstarrte. Altersflecken bedeckten die Handoberflächen. Die glatte Haut war runzelig geworden.

„Nein, nein, das kann nicht sein", flüsterte sie heiser, während ihre Nägel eine gelbliche Farbe annahmen. „Bitte nicht!" Dianas Glieder fühlten sich steif an. Tränen rollten über ihre Wangen.

Plötzlich öffnete sich die Tür zum Zimmer. Erschrocken zuckte sie zusammen. „Hanna!", rief sie erleichtert, als sie aufblickte. „Ich … Etwas geschieht mit mir. Sieh!" Diana hob ihre rechte Hand in die Höhe.

„Rapunzel, mein Liebes, beruhige dich", flötete Hanna. Sie eilte zu ihrem Schützling. „Ich bin da." Liebevoll strich sie Diana durchs goldene Haar.

„Ich habe doch Energie aufgenommen", flüsterte die junge Frau.

„Zu wenig. Am Anfang musst du drei Mal kurz hintereinander töten, danach weniger."

„Drei Mal?", echote Diana, am Boden zerstört.

„Dein Körper verändert sich. Du brauchst die Kraft – alle Kraft", erklärte Hanna. „Sieh, deine Hände sind wieder die einer jungen Frau."

Staunend und erleichtert sah Diana, dass Hanna recht hatte. Die dunklen Flecken waren verschwunden, ihre Haut wieder glatt und straff.

„Du darfst jetzt aber nicht länger warten", sprach ihre Ziehmutter eindringlich und drückte ihre Hände. „Du musst Energie zu dir nehmen."

„Aber ich will niemanden mehr töten." Erneut traten Tränen in Dianas Augen.

„Hattest du noch keine Schmerzen?", fragte Hanna herausfordernd.

„Doch, ich …" Diana verstummte.

„Wenn du nicht tötest, wirst du sterben. Davor wirst du altern. Schneller als jeder andere Mensch, aber dennoch unerträglich lange und schmerzvoll", fiel ihr Hanna harsch ins Wort.

Diana ballte ihre Hände erneut zu Fäusten. „Das ist nicht fair!"

„Denk an die Kranken heute im Hospiz. Das bleibt dir alles erspart", sagte Hanna sanft.

Diana erinnerte sich an die Schreie, das Blut, den Geruch. Ein Schauer jagte ihr den Rücken hinunter.

„Ich habe mir gedacht, dass du Nachschub brauchst." Hanna erhob sich und zwinkerte ihr zu. „Ich weiß noch, wie es mir am Anfang ergangen ist."

Ehe die junge Frau reagieren konnte, hatte Hanna die Tür des Zimmers geöffnet und winkte jemanden herein, der draußen im

Flur wartete. Ein junger, sehr hübscher Mann betrat etwas unsicher den Raum. Hanna schloss schnell hinter ihm die Tür.

„Das ist Alexander. Alexander, meine Tochter Diana."

Der Mann wischte sich sein blondes, halblanges Haar mit einer lässigen Handbewegung aus dem sonnengebräunten Gesicht. Seine hellblauen Augen richteten sich auf sie. Ein freundliches Lächeln verzog seine wohlgeformten Lippen.

Hanna legte eine Hand auf die Schultern des Jünglings. „Alexander suchte eine Frau, die für ihn die Beine öffnet, aber er hat nicht das nötige Kleingeld. Da habe ich ihm gesagt, dass ich eine sehr hübsche Tochter habe …"

Dianas Mund klappte auf, ohne dass ein Wort ihren Lippen entwich. Ihr war sofort klar, was Hanna dem Jüngling versprochen hatte. Zumindest seinem verlegenen Gesichtsausdruck und den roten Wangen zufolge.

Hanna ging zu Diana hinüber, beugte sich vor und flüsterte ihr ins Ohr: „Männer zwischen achtzehn und dreißig Jahren sind die beste Energiequelle. Von älteren würde ich die Finger lassen. Sie bieten nicht mehr allzu viel … in jeder Hinsicht."

Wie versteinert saß Diana da. Die Leichtfertigkeit, mit der ihre Ziehmutter über die Männer sprach, erschreckte sie. Würde sie eines Tages auch so sein? Herzlos? Gierig nach Jünglingen?

Angst wand sich wie eine Schlange zwischen ihren Gedärmen und verstärkte sich, als Hanna zur Tür schritt und fröhlich verkündete: „Ich lasse euch beiden jetzt alleine."

Diana presste ihre Lippen zu einer schmalen Linie zusammen. Sie fühlte sich den Tränen nahe, wollte aber vor Alexander nicht weinen. Der stand, die Hände in den Hosentaschen, unschlüssig da. Dianas Blick fiel auf seinen Schritt. Sein Penis zeichnete sich groß und hart ab. Sie benetzte sich mit der Zunge die Lippen. Obwohl sie nicht wollte, verspürte sie plötzlich ein starkes Verlangen.

„Deine Mutter ist eine … äh … außergewöhnliche Frau", brach Alexander die Stille.

„Mmh", brummte Diana, weil ihr nichts anderes einfiel.

Langsam kam Alexander näher. Als er noch eine Armeslänge von ihr entfernt war, fragte er: „Darf ich?"

Mechanisch nickte sie. Ihre Sinne spielten verrückt. Sie wurde von seinem herb männlichen Geruch überwältigt. Zeitgleich nahm sie seine Energie wahr. Sie umgab ihn wie eine pulsierende Hülle, die so anziehend war, dass Diana kaum einen klaren Gedanken fassen konnte.

Eine dünne Stimme in ihr schrie: *Ich will nicht! Schick ihn weg! Denk an Maximilian!* Das Stimmchen wurde sehr schnell von heißem Verlangen erstickt. Sie fuhr sich mehr instinktiv als bewusst durch ihr blondes Haar und setzte damit den verlockenden Geruch des Sukkubus frei. Der zuvor noch schüchterne Blick Alexanders wandelte sich, wurde fiebrig. Fiebrig vor Begehren.

„Warum hat deine Mutter dich mir angeboten?", fragte er leise.

Diana atmete seinen Duft ein und streckte ihre Hand aus, um seine Energie zu erfühlen, aber sie war nicht greifbar. Der junge Mann interpretierte ihre Geste anders und ergriff ihre Hand, verflocht seine Finger mit den ihren.

Die Berührung war berauschend. Eine erste Verbindung zu seiner Energie. Diana spürte in ihrem Schoß ein sehnsüchtiges Ziehen und eine angenehme Wärme.

„Bist du noch Jungfrau?", fragte Alexander.

„Ja", erwiderte sie leise.

„Das ist schön." Er lächelte und fügte hinzu: „Ich selbst bin auch noch nicht so erfahren. Einmal habe ich mit einer Dienerin geschlafen, die demselben Herrn wie ich diente, und dann noch mit einer Hure." Er schüttelte den Kopf und lachte. „Ach, ich weiß nicht, warum ich dir das erzähle. Vielleicht, weil ich etwas nervös bin."

„Das bin ich auch", gestand Diana und erwiderte sein Lächeln.

Alexander ging vor ihr auf die Knie und ergriff ihre Hände. „Sie sind kalt", stellte er fest. „Aber ganz zart." Er küsste erst den einen Handrücken, dann den anderen.

Diana saß wie versteinert da. Als Alexander seine Hände auf ihren Oberschenkeln platzierte, ließ sie es geschehen. Auch als er ihr Nachthemd zurückschob. Plötzlich wurde ihr bewusst, dass sie ihn nicht mehr von sich stoßen konnte, und je weiter seine Hände nach oben glitten, umso gieriger wurde sie.

„Die Hure hat mir gezeigt, wie man Frauen glücklich macht", sagte er und blickte schräg zwischen den Haarsträhnen zu Diana auf. „Leg dich hin", wies er sie an.

Diana wollte protestieren, aber er ließ ihr keine Gelegenheit dazu. Er begann, ihr Geschlecht mit seiner Hand zu reiben, was ihre Lust mehr steigerte, als sie sich eingestehen wollte. Sie ließ sich rücklings aufs Bett fallen und spreizte die Beine. Plötzlich spürte sie etwas Warmes, Nasses zwischen ihren Beinen und begriff, dass Alexander mit seiner Zunge über ihre Knospe strich.

„Oh", stöhnte sie. Ihre Brustwarzen richteten sich auf, und zwischen ihren Beinen wurde es noch feuchter. Plötzlich schob Alexander zwei Finger in sie. Ein Feuerwerk der Lust entfachte sich in Diana. Die Lust war so ausfüllend, dass sie ihr nicht widerstehen konnte und alle Barrieren fallen ließ, sich dem Moment hingab. Sie stöhnte bei jedem Stoß, den Alexander mit den Fingern in ihrem Inneren machte. Gleichzeitig rieb sein Daumen über ihre Lustperle, was sie in Schweiß ausbrechen ließ.

„Fester!", keuchte sie, und Alexander gehorchte. Er verstärkte den Druck und brachte Diana damit zum Höhepunkt.

Mit einem Grinsen stand er auf. „War es gut?", fragte er überflüssigerweise.

Diana richtete sich mit geröteten Wangen auf. Das Haar klebte ihr schweißnass an der Stirn. „Ja", hauchte sie.

Alexander zog sich das Hemd aus. Als er im Begriff war, die Hose zu öffnen, rief Diana: „Nein, warte!" Für einen Moment flackerte der Gedanke in ihr auf, ihn einfach wegzuschicken, aber es war nur ein schwaches Flackern. Nicht mehr. Die schwelende Lust behielt immer noch Oberhand, und sie hörte sich sagen: „Das mach ich." Ihre Hände glitten aufreizend langsam über seine breite Brust, hinunter über seinen Bauch.

Inzwischen vibrierte die Luft förmlich von seiner Energie. Diana erinnerte sich an Hannas Worte, wie wichtig es war, die Lust des Mannes zu entfachen, um sich selbst den Zugang zu seiner Lebensenergie einfacher zu machen. Aber auch in ihr war ein Feuer entbrannt. Ein hungriges Feuer, das ganze Wälder verschlang. Sie wollte seine Begierde noch mehr steigern und ihm alle Energie aussaugen, ihn ganz in sich aufnehmen, ihn zerstören. Der Fluch war wie eine unbändige Kraft, die in ihrem Inneren alles aufwühlte, ihre Vorbehalte vergrub, ihre Skrupel beerdigte.

Sie legte ihre Hand an seinen Schritt. Sofort wurde der Penis noch härter und größer. Alexander keuchte auf. „Ich dachte, du bist noch Jungfrau?"

„Bin ich auch", erwiderte Diana. „Aber ich habe schon einmal das Glied eines Mannes im Mund gehabt."

Er blickte zu ihr hinab. „Mach das mit mir auch", flüsterte er heiser und nestelte am Verschluss der Hose herum. Diana schob seine Hände zur Seite. Plötzlich fühlte sie sich sicher und ruhig, als hätte sie das schon hunderte Male gemacht. Als sie ihm die Hose runterzog, sprang sein Penis nach vorne. Er war dick und lang. Diana legte die rechte Hand um den Schaft, was Alexander aufstöhnen ließ, und als sie die Eichel mit ihrer Zunge berührte und leckte, löste sich ein salziger Tropfen daraus. Diana kostete ihn. Dieser Tropfen war wie eine süße Vorbotschaft der Energie, die sie aus ihm erhalten würde.

Ein Beben ging durch Alexanders Körper, als sie sein Glied völlig mit den Lippen umschloss und die Vorhaut vor- und zurückbewegte.

„Stopp", keuchte er. „Ich komme sonst."

Diana ließ ab und richtete sich auf.

Alexander zog ihr das Unterkleid aus. Seine Hände bedeckten ihre Brüste, kneteten sie, dann küsste er erst die eine Brustwarze, dann die andere. Sie gab ihm zu verstehen, dass er sich auf den Rücken legen sollte. Er gehorchte mit einem nebeligen Blick und einem seligen Lächeln.

Mit klopfendem Herzen näherte sie sich ihm. Sie kniete sich breitbeinig auf das Bett, sodass Alexanders Beine zwischen den ihren waren. Sie drückte einen Kuss auf die Eichel und schob ihre Zunge in die kleine Spalte. Sie wollte noch einmal das Salzige schmecken.

„Nein, nicht", keuchte Alexander. „Ich will ihn in dich stecken."

Diana ließ von seinem Glied ab. Küsste seine Brust und sammelte währenddessen Mut für das Bevorstehende. Sie zitterte am ganzen Körper, aber nicht nur vor Aufregung und Anspannung oder gar Angst. Es war der Hunger nach Alexanders Lust und Lebenskraft. Sie wollte die Vereinigung mit ihm, brauchte ihn so sehr wie nichts anderes.

Der Fluch hatte sich erfüllt, hatte sie verwandelt, ihr das notwendige Begehren geschenkt und das Gewissen genommen, um zu überleben. Sie konnte seine Vibrationen spüren, unsichtbare Wellen der Lust, die gegen ihren Körper waberten. Sie spürte, dass es noch ein klein wenig mehr brauchte, bevor sie ihn küssen konnte. Also näherte sie ihre Lippen seinem Mund, verharrte jedoch wenige Zentimeter darüber. Mit ihrer Zunge leckte sie über seine Lippen, gleichzeitig griff sie mit einer Hand nach seinem Penis und senkte das Becken etwas.

Alexanders Wellen der Lust wurden stärker, unbändiger, sie hatten den Sog eines Wasserstrudels. Diana dachte an nichts mehr. Sie wollte nur noch ihren Hunger stillen. Sein Stöhnen war wie eine süße Vorspeise, und nun war es an der Zeit, den Hauptgang zu sich zu nehmen.

Sie ließ sich auf seine Erektion sinken, fühlte einen kurzen, stechenden Schmerz, als er ihr Jungfernhäutchen durchstieß. Alexander keuchte erfreut auf, und Diana lächelte. Jetzt war sie also keine Jungfrau mehr.

„Küss mich", forderte er.

Einen Augenblick lang glaubte Diana, in seinen Augen den gleichen Hunger zu sehen, den sie in sich spürte, aber das konnte nicht sein ... Schließlich war er nicht vom Fluch betroffen, denn soviel sie wusste, traf der Fluch nur Frauen.

Als Diana ihren Mund auf seinen drückte, tastete Alexanders Zunge sofort nach der ihren, und als ihre Zungen aufeinandertrafen, durchfuhr sie ein angenehmes Kribbeln. Diana spürte, wie die Lebensenergie aus Alexanders Körper trat. Pure Kraft durchströmte sie, Kraft, die sämtliche ihrer Zellen ausfüllte und ihr ein unbeschreibliches Glücksgefühl schenkte. Ein weiterer Schub Energie flutete sie, als er kam. Warmes Sperma floss in sie. Unter ihr begann Alexander sich zu winden. Er schien zu begreifen, dass irgendetwas nicht stimmte. Seine Hände drückten gegen ihre Schultern, wollten sie von sich wegstoßen, doch sie sog so schnell die Energie aus seinem Körper, dass er keine Kraft mehr dazu hatte. Sein Griff löste sich augenblicklich wieder, und als Diana ihre Lippen von seinen nahm, hatte sie sich die Energie des jungen Mannes einverleibt.

Sie sprang aus dem Bett, während Alexanders Körper zu Asche zerfiel. Seine Lebenskraft floss pulsierend durch ihre Adern. Sie schloss die Augen und stand nur da, mit zu Fäusten geballten Händen. Es war unbegreiflich schön und doch so ...

Mit einem Knarren öffnete sich die Tür. Diana schlug sofort die Augen auf und zog sich ihr Nachthemd über.

Hanna schlüpfte ins Zimmer. „Wie fühlst du dich?", fragte sie.

„Ich fühle mich unglaublich gut." Während sie lächelte, rollten Tränen über ihre Wangen. „Das Gefühl ist unbeschreiblich schön", schluchzte Diana. Sie fühlte sich wie trunken und gleichzeitig erfüllt vor Entsetzen über ihre Tat.

Hanna durchschritt den Raum, um ihre Ziehtochter in die Arme zu nehmen. „Ach Rapunzel, mein Kleines."

„Das ist nicht mein Name! Ich hab dir das schon tausend Mal gesagt", schrie Diana aufgebracht und stürmte an Hanna vorbei aus dem Zimmer. Mit einem Schleier aus Tränen vor den Augen rannte sie blindlings den Flur entlang, die Treppe hinunter und aus dem Gasthof hinaus. Sie wusste nicht, ob Hanna ihr folgte, es war ihr auch egal. Sie wollte einfach raus, weg aus dem Zimmer, in dem die Asche Alexanders lag.

Draußen vor dem Gasthof blieb sie einen Moment lang stehen, rang nach Atem und wischte sich die Tränen ab. Es war eine sternenklare Herbstnacht. Ein silberner, sichelförmiger Mond schien Trost spendend auf sie hinab. Sie verschränkte die Arme vor der Brust und fröstelte.

Aus der Gaststube kam ein grobschlächtiger Kerl getorkelt. Als er Diana erblickte, pfiff er anerkennend. „Süße, wo ist deine Kleidung?"

Erschrocken fuhr Diana herum. Erst jetzt wurde ihr bewusst, dass sie im Nachthemd nach draußen gerannt war. Betroffen biss sie sich auf die Unterlippe.

„Kannst du nicht reden, hübsches Mädchen?", lallte der Mann und näherte sich ihr.

„Doch", erwiderte sie und schlang ihre Arme noch fester um ihren Oberkörper. Die Situation war ihr mehr als unbehaglich.

„Aha." Eine Wolke aus Alkoholdunst schwappte ihr entgegen. Sie drehte sich angewidert ab. Der Kerl streckte seine Arme aus. „Komm, Kleines", säuselte er.

„Fass mich nicht an!", zischte Diana und machte einen Schritt zurück.

Überraschend schnell und kräftig packte der Betrunkene sie am Handgelenk.

„Lass los!", rief Diana aufgebracht.

Der Mann zog sie näher an sich heran. Säuerlicher Atem schlug ihr entgegen. „Küss mich, Kleines." Mit der freien Hand grapschte er unbeholfen über ihre Brust.

Diana trat mit ihrem rechten Fuß gegen sein Schienbein. Er grunzte jedoch nur kurz verärgert auf.

„Finger weg!", brüllte eine sonore Stimme.

Aus dem Augenwinkel sah Diana jemanden herbeirennen.

Der Betrunkene schaute perplex auf. In dem Moment rammte Maximilian ihm eine Faust gegen das Kinn. Der Griff um Dianas Handgelenk löste sich. Sie sprang zurück, während der Prinz sich auf den Kerl stürzte.

„Hast du überhaupt keinen Anstand und Ehre?!" Er packte den Mann am Kinn.

„Was geht dich das an?", lallte der.

„Es geht mich sehr viel an", schnaubte Maximilian. „Ich dulde keine Vergewaltigungen und Belästigungen."

„Wen interessiert's?" Der andere lachte.

Die Worte waren wie Öl, das in Feuer gegossen wurde. Der Prinz schlug dem Mann erneut mit der Faust ins Gesicht. „Mich, Prinz Maximilian, interessiert es, und meinen Vater, den König, auch!"

Der Betrunkene verdrehte die Augen und wurde ohnmächtig.

„Was ist hier los?", verlangte eine Stimme zu wissen, die Diana sehr bekannt war. Sie drehte sich zu Lasse um.

„Dieser Kerl wollte über mich herfallen!" Sie deutete auf den Ohnmächtigen, und mit einem Lächeln fügte sie hinzu: „Maximilian hat mich gerettet."

Lasse kam näher.

Der Prinz erhob sich. Er trug immer noch die Priesterkutte.

Lasse musterte ihn eingehend. „Für einen Priester könnt Ihr aber ganz schön kräftig zuschlagen."

„Er ... er ist kein Priester", raunte Diana ihrem Ziehvater zu. „Er ist ein Prinz. Der Prinz dieses Landes."

Mit hochgezogenen Augenbrauen sah Lasse auf sie hinunter.

„Er ist der Junge aus dem Wald", ergänzte sie leise, sodass nur Lasse es hören konnte. Dieser blickte zu Maximilian.

„Wir sind uns schon einmal begegnet, oder?", fragte der Prinz an Lasse gewandt.

„Ihr seid ganz schön gewachsen", bemerkte dieser.

Maximilian lächelte und fuhr sich verlegen durchs Haar. „Aber Ihr seid immer noch viel größer als ich. Damals im Wald war ich schwer beeindruckt von Eurer Erscheinung, und ich muss gestehen, ich bin es noch immer."

Diana schmunzelte. Lasse war wirklich sehr groß, breitschultrig und kräftig. Der Prinz wirkte im Vergleich zu ihm geradezu filigran.

Lasse legte ihr einen Arm um die Schultern. „Wir müssen nun gehen. Vielen Dank, dass Ihr Diana vor diesem Rüpel gerettet habt. Wäre ich früher dazu gekommen, würde der Kerl wohl nie wieder aufstehen."

„Daran zweifle ich nicht", grinste Maximilian und fügte hinzu: „Diana, darf ich dich kurz sprechen?"

Dianas Herz machte einen freudigen Satz in der Brust. Ehe sie jedoch antworten konnte, erwiderte ihr Ziehvater: „Wir müssen schlafen gehen."

„Lasse, bitte nur kurz." Flehend blickte Diana zu ihm auf. Sie wollte so gerne etwas Zeit mit Maximilian verbringen.

„Hanna erwartet, dass ich dich möglichst schnell wieder zu ihr bringe", sagte er mit gesenkter Stimme.

„Wir können ihr sagen, es hätte länger gedauert, mich zu finden ..."

„Du weißt, dass ich jeden sehr schnell finde."

„Bitte! Es würde mir so viel bedeuten. Bin ich mit dem Fluch nicht schon gestraft genug?" Sie konnte in Lasses Augen sehen, dass er mit sich rang.

„Du bist nicht angemessen gekleidet für ein Gespräch mit Seiner Hoheit", sagte Lasse laut genug, sodass es auch der Prinz hören konnte.

Diana presste die Lippen aufeinander. Ja, sie war wirklich alles andere als gebührlich angezogen, aber es war ihr egal, und sie war sicher, dass es auch Maximilian egal war. Er schien nicht die Art von Mann zu sein, der sich um solche Dinge scherte.

„Wenn Ihr es verlangt, halte ich während des ganzen Gesprächs meine Augen geschlossen", sagte Maximilian.

Lasses Gesichtszüge wurden weicher. „Euch scheint viel an dieser Unterhaltung zu liegen", stellte er fest.

Maximilian nickte ernst.

„Darf ich?", fragte Diana.

Lasse lenkte mit einem Seufzer ein. „Aber nur kurz und nicht hier, wo jederzeit dieser Kerl aufwachen, ein anderer Trottel ankommen oder gar Hanna plötzlich auftauchen könnte."

Vor Freude fiel Diana ihm um den Hals. „Das vergesse ich dir nie!"

„Ach", winkte Lasse ab. „Kommt. Geht in den Stall. Dort ist es wärmer, und ihr seid vor neugierigen Blicken geschützt. Aber das bleibt unser Geheimnis, verstanden?"

Diana nickte glücklich.

Der Stall stand hinter der Gaststube und beherbergte unter anderem die Pferde der Gäste.

„Ich warte hier draußen. Hoheit, enttäuscht mich nicht." Mahnend sah Lasse den Prinzen an.

„Mein Ehrenwort, dass ich ein Mann von Anstand bin." Maximilian deutete eine leichte Verbeugung an.

„Diana." Lasse hielt sie am Oberarm zurück, als sie dem Prinzen in den Stall folgen wollte. Fragend sah sie ihn an.

„Du darfst ihm nicht von unseren Geheimnissen erzählen."

Sie schüttelte den Kopf. Beinahe brach sie wieder in Tränen aus, als sie flüsterte: „Denkst du, ich will, dass er weiß, was ich bin?" Die Vorstellung, Maximilian könnte jemals herausfinden, dass sie getötet hatte, schnürte ihr die Luft ab. Einen Moment lang zögerte sie, den Stall zu betreten. Es würde ohnehin auf einen Abschied hinauslaufen. Einen Abschied, den Diana nicht wollte, der aber sein musste. Mit einem Mal begriff sie das ganze Ausmaß des Fluchs. Plötzlich gab es keine Träumereien mehr, in die sie sich flüchten konnte. Der Junge aus dem Wald war greifbar, und doch war er nun ferner als je zuvor.

Als ob Lasse ihre Gedanken gelesen hätte, flüsterte er: „Geh und genieße den Augenblick."

„Ich werde ihn nie wiedersehen, nicht wahr?"

Lasse zuckte mit den Schultern. „Wenn es nach Hanna geht, nein."

„Und wenn es nach dir geht?"

„Ach, ich bin ein hoffnungsloser Fall, Diana. Seit Jahren lebe ich mit der großen Liebe meines Lebens zusammen, die meine Gefühle nicht erwidert, nicht erwidern kann …"

In Dianas Hals bildete sich ein Kloß. Nie zuvor war Lasse so offen zu ihr gewesen. Sie konnte den Schmerz in seinen Augen sehen, die feucht schimmerten.

Sie umarmte ihn, und er strich ihr sanft übers Haar. „Nun gehe zu ihm. Er scheint ein guter Kerl zu sein."

Sie lächelte. „Ja, das ist er."

Der vertraute Geruch von Stroh und Pferden stieg Diana in die Nase. Drei Öllampen erhellten den Stall.

Dianas Herz wummerte hart in der Brust, als sie Maximilian auf den Strohballen sitzen sah. Er lächelte.

Sie atmete tief ein uns aus, ehe sie sich ihm näherte. Maximilian stand auf. Er trug die Kutte nicht mehr, stellte sie fest. Sie lag auf einem der Ballen.

„Ich dachte, du würdest mich vielleicht gerne einmal in normaler Kleidung sehen."

Diana lachte leise auf. Es war ihr egal, was er trug. Hauptsache, er war hier. Als sie es ihm sagte, strahlte er über das ganze Gesicht und ergriff ihre Hände. Seine Berührung war wundervoll. Warm und vertraut.

„Ich habe mir immer ausgemalt, wie es wohl sein würde, dich wiederzusehen, und ich habe mir so viele Fragen ausgedacht, die ich an dich richten wollte", gestand er ihr.

„Stell sie mir", sagte Diana.

Maximilian senkte errötend seinen Kopf. „Ich weiß keine einzige mehr. Mein Kopf ist wie leer gefegt."

Wieder musste sie lachen.

„Du machst dich über mich lustig?" Er sah schräg zu ihr auf.

Sie strich ihm eine Haarsträhne aus dem Gesicht. „Niemals", flüsterte sie. „Ich wollte dich auch so vieles fragen …"

„Dann tu es", forderte Maximilian sie auf.

„Ich kann nicht, mein Gehirn ist wie leer gefegt."

Sie kicherten beide.

„Komm, setz dich zu mir", sagte der Prinz.

Diana nickte. „Ich … wir haben nicht viel Zeit. Hanna wartet auf mich …"

„Sie hat doch schon so viel Zeit mit dir verbracht. Sie soll mir etwas davon schenken", sagte Maximilian ernst.

„Sie teilt nicht gerne", erwiderte Diana.

„Den Eindruck hatte ich heute auch." Er streckte seine Hand aus. Berührte ihre Wange. Diana lehnte sich dagegen, schloss die Augen, atmete förmlich Maximilians Gegenwart in sich ein.

Sie wünschte sich, die Zeit würde stillstehen und damit auch der Fluch.

„Warum fühle ich mich so mit dir verbunden?", brach der Prinz die Stille zwischen ihnen.

Sie schlug die Augen auf. „Ich weiß es nicht."

„Vielleicht sind wir füreinander bestimmt."

Schmerzlich zog sich Dianas Herz zusammen. Sie hätte ihn so gerne geküsst, umarmt, aber sie fürchtete sich vor der Nähe, hatte Angst, ihn zu töten wie Alexander. Sie konnte seine Energie spüren, aber sie war noch sanft, fast schon lieblich und unschuldig. Nicht zu vergleichen mit der Wucht, mit der sie Alexanders gespürt hatte. Vielleicht lag es daran, weil sie eben erst Energie in sich aufgenommen hatte. Möglicherweise begründete es sich aber auch darin, dass Maximilians tiefgründiger war als jene von Alexander.

Der Prinz fuhr sich durchs Haar. Ihr Schweigen machte ihn offensichtlich unsicher. „Es tut mir leid. Ich habe wohl zu viel hineingedeutet in unsere Unterhaltung heute Nachmittag. Ich …"

„Nein", sagte Diana bestimmt. „Das hast du nicht. Es ist nur … Ich werde morgen abreisen, und wir werden uns nicht wiedersehen."

„Aber so muss es doch nicht sein", widersprach Maximilian. „Sag mir, wo du wohnst, und ich besuche dich."

Diana senkte den Blick auf ihre Hände, die zu Fäusten geballt in ihrem Schoß ruhten. Tränen traten ihr in die Augen. Sie blinzelte. „Ich kann nicht, Maximilian."

Er streckte seine Hände nach ihr aus, berührte ihre Unterarme. „Wieso?" Seine Stimme klang brüchig.

„Ich muss los." Sie stand abrupt auf. Es war naiv gewesen, sich auf ein Gespräch mit ihm einzulassen. Sie hätte einfach Danke sagen sollen für die Rettung. Jetzt zerriss es ihr fast das Herz, die Seele. Sie fühlte sich, als würde sie sich selbst ein Messer in den Bauch rammen und es anschließend auch in den Prinzen stoßen.

„Diana, bitte warte!" Er packte sie am Handgelenk und zog sie näher zu sich. Sie ließ es geschehen. Bis ihr Gesicht gefährlich nahe an seinem war. Sein Atem liebkoste ihre Haut. Das Blut rauschte in ihren Ohren. Nun fühlte sie Maximilians Energie wie einen unbändigen Sturm. Wut, Begehren, Verzweiflung und Leidenschaft.

Seine Lippen streiften ihre. „Bitte", hauchte er. „Ich kann dich nicht vergessen. Hab es nie getan in all den Jahren."

Diana keuchte auf. Sie spürte die Veränderung in ihrem Körper. Der Fluch streckte seine kalten, gierigen Hände aus, umfing Maximilians Leidenschaft. Die Wärme seiner Lippen, seines Körpers zog sie an.

Ich könnte ihn küssen, mit geschlossenem Mund nur ganz kurz, dachte Diana. Doch der Fluch flüsterte in ihrem Inneren gierig: *Nimm ihn in dir auf. Dann wird er immer dein sein.*

„Diana." Die Art und Weise, wie er ihren Namen so sanft und doch voller Festigkeit aussprach, brachte sie fast um den Verstand. Seine Hände legten sich um ihre Taille. Ihre eigenen fanden fast automatisch den Weg auf seine Brust. Ruhten dort. Bereit, ihm das Hemd runterzureißen oder ihn von sich zu stoßen. Beides schien ihr möglich zu sein.

Maximilian neigte seinen Kopf. „Wo wohnst du?", fragte er und dann senkte er seine Lippen auf die ihren.

Diana hielt den Atem an. Den Mund fest verschlossen. Seine Lebensenergie pulsierte auf seiner Haut, vibrierte unter seinen Händen, die zärtlich auf ihren Hüften ruhten. Diana müsste nur ihren Mund öffnen, um all die köstliche Energie in sich aufzunehmen, und wenn sie die Leidenschaft noch mehr entfachen würde, dann müsste sie ihr Kleid hochziehen, ihn der Hose entledigen und ihn vollends in sich aufnehmen. Es wäre so einfach, so verführerisch, aber ihr Herz brüllte ein energisches Nein.

Sie riss sich los, sprang zurück. „Lasse wartet", keuchte sie.

Maximilian blinzelte überrascht. „Ich ... es tut mir leid, ich wollte dich nicht überfallen."

Diana schüttelte den Kopf und lächelte. „Der Kuss war schön."

Erleichtert atmete der Prinz aus. Auch er lächelte. „Du hast mir noch nicht gesagt, wo du wohnst."

Als sie zu einer Antwort ansetzte, tauchte Lasse auf. „Los, geh zu Hanna!", sagte er ruppig.

Diana sah Maximilian an. Sehnsucht lag in seinem Blick. Hoffnung und Flehen, sie möge doch bleiben. So gerne sie darauf eingegangen wäre, so sehr wusste sie, dass es falsch war und gefährlich. Sie wollte nicht den Menschen töten, der ihr Herz in dieser einzigartigen Weise berührte.

„Lebe wohl, Maximilian", sagte sie heiser.

„Diana!" Der Prinz trat vor.

Lasse schritt zwischen ihn und Diana. „Geh zu Hanna", wiederholte er eindringlich an die junge Frau gewandt. Diana gehorchte.

Lasse tat es im Herzen weh, die beiden so zu sehen, aber sie konnten nicht zusammenbleiben. Es wäre für sie der größere Schmerz. Je länger er bei Hanna blieb, umso mehr brach sein eigenes Herz. Er war sich bewusst, dass er schon vor langer Zeit hätte gehen sollen. Damals wäre es ihm möglicherweise noch leichter gefallen, sie zu vergessen, aber jetzt, nach all den Jahren, war er unfähig zu gehen, obwohl jeden Tag etwas in ihm starb. Dieses Gefühl, zu sterben, hatte er zum ersten Mal verspürt, als sein Bruder Hannas Schwangerschaft verkündete. Diese Schwangerschaft war für ihn wie ein Siegel gewesen, keine Versuche zu unternehmen, Hanna für sich zu gewinnen. Er konnte nicht eine Familie zerstören, sagte er sich. Am liebsten wäre er abgereist, aber das wäre seltsam gewesen, nachdem er erst erzählt hatte, er würde bleiben. Am Abend vor der Abreise rief sein Bruder ihn zu sich. Gemeinsam saßen sie im Herrenzimmer und tranken Wein.

„Es bedeutet mir viel, dass du auf Hanna aufpasst", sagte sein Bruder mit einem Lächeln.

„Ach." Lasse winkte ab.

„Doch, wirklich. Sie ist eine wunderschöne Frau. Die Männer sehen ihr nach, wünschen sich, an meiner Stelle zu sein. Ich kann es in ihren Gesichtern lesen." Er starrte verdrossen in den Becher Wein. „Ich weiß nicht, warum Hanna sich für mich entschieden hat."

Das frage ich mich auch, dachte Lasse.

„Vielleicht des Geldes wegen." Der Bruder lachte bitter auf. „In manchen Nächten bin ich mir fast sicher. Hanna kommt aus einer armen Familie, weißt du."

Lasse schüttelte den Kopf. „Ich glaube, sie liebt dich wirklich. Obwohl ich eigentlich der Schönere bin von uns beiden." Er zwinkerte, und sein Bruder brach in schallendes Gelächter aus, lehnte sich vor und klopfte ihm auf die Schultern.

„Gefällt sie dir?"

„Sie ist eine sehr schöne Frau", gab Lasse zu. „Aber sie gehört zu dir, und, wie ich schon sagte, ich bin mir sicher, dass sie dich liebt."

„Was macht dich so sicher?", wollte sein Bruder wissen.

„Die Art und Weise, wie sie dich anschaut."

Lasse wünschte sich heute noch, Hanna hätte ihn auch nur einmal auf diese Art und Weise angeschaut, wie sie es bei seinem Bruder getan hatte.

Als Maximilian an Lasse vorbeistürmen wollte, um Diana zu folgen, hielt er ihn zurück, indem er ihm seine große Hand gegen die Brust presste. „Nein, Euer Hoheit. Lasst sie gehen. Es ist besser so."

Maximilian straffte die Schultern. „Das habt nicht Ihr zu bestimmen!"

„Nein, aber Diana hat sich von Euch verabschiedet. Ihr solltet das respektieren."

„Ich kann nicht", zischte Maximilian.

„Ihr seid ein Narr", erwiderte Lasse. „Lasst Euch das von einem Mann sagen, der weiß, wovon er spricht."

Maximilian versuchte erneut, an ihm vorbeizukommen, aber der Hüne hielt ihn zurück und packte ihn bei den Schultern.

„Lasst mich unverzüglich los!", herrschte der Prinz ihn an.

Lasse zeigte sich davon nicht beeindruckt. Titel hatten ihm noch nie etwas bedeutet. Sein Vater hatte immer zu sagen gepflegt: *„Auch wenn Könige scheißen, stinkt es."*

„Vergesst Diana!"

Maximilian riss sich aus Lasses Griff los und wollte den Mann, der zwei Köpfe größer war als er, zu Boden bringen, indem er sich mit seiner ganzen Körperkraft gegen ihn warf. Lasse kam nur kurz ins Straucheln, weil der Prinz ihn überrascht hatte. Schnell fand er aber das Gleichgewicht zurück, packte den Prinzen mit einer Hand am Hosenbund und schleuderte ihn von sich weg.

Maximilian prallte gegen die Strohballen und keuchte auf.

„Ihr hört mir jetzt genau zu ..." Drohend näherte Lasse sich. „Ihr verschwindet von hier, vergesst Diana, und ich bringe Euch nicht um."

Maximilian rappelte sich vom Boden auf. „Das wagt Ihr nicht!"

„O doch!" Lasse verpasste dem Prinzen einen Schlag, der ihn wieder zu Boden sinken ließ. Grimmig blickte er auf den jungen Mann hinunter. „Nicht allen ist eine glückliche Liebe vergönnt."

Lasse erinnerte sich, als er auf seine Schwägerin aufgepasst hatte. Es war eine wunderschöne Zeit gewesen. An manchen Tagen war es einfach, sich einzubilden, er wäre Hannas Mann. Sie machten zusammen Spaziergänge, saßen am Abend vor dem Kamin und unterhielten sich über Gott und die Welt. Eines Abends, als er gerade so viel Wein getrunken hatte, dass seine Zunge locker saß, fragte er: „Warum liebst du meinen Bruder?"

Hanna zog erstaunt eine Augenbraue hoch. Ihre grauen Augen verschmälerten sich, als versuche sie, in seinen Geist vorzudringen, um zu erfahren, warum er diese Frage stellte.

„Reine Neugierde", erklärte Lasse und nahm noch einen Schluck Wein.

„Dein Bruder ist ein sehr anziehender, faszinierender Mann. Ich habe nie zuvor jemanden getroffen wie ihn. Sicher, es gibt schönere Männer, dich zum Beispiel", sie lächelte, „aber bei einem Mann ist Schönheit nicht alles."

„Ach nein?", fragte Lasse. „Und wie ist es bei Frauen?"

„Eine schöne Frau hat es einfacher im Leben. In meinem Fall hat mich meine Schönheit aus der Gosse gebracht in dieses prachtvolle Haus zu einem wunderbaren Mann. Und bald ..." Sie brach ab und sah hinunter auf ihre Hände, die über ihrem Bauch gefaltet waren. „Bald habe ich auch ein Kind."

Lasse entging nicht, dass die letzten Worte schwerer über ihre Lippen gekommen waren. Als sie zu ihm aufblickte, hatten sich ihre grauen Augen verdunkelt.

„Freust du dich nicht?", fragte er.

„Viele Männer verlieren das Interesse an ihrer Frau, sobald einmal das Kind da ist. Der weibliche Körper verändert sich, und mit jedem Jahr, das verstreicht, schwindet die Schönheit."

Lasse schüttelte entschieden den Kopf. „Erstens glaube ich nicht, dass deine Schönheit schwindet, und zweitens ist sie nicht alles, was du zu bieten hast."

Hanna zog erneut fragend eine Augenbraue hoch.

Lasse nickte bekräftigend. „Du bist eine starke und intelligente Frau. Ich mag deine rauchige Stimme und dein sinnliches Lachen. Ich …" Er brach ab, weil ihm bewusst wurde, dass er ihr fast ein Liebesgeständnis gemacht hätte. Rasch schob er nach: „Ich bin mir sicher, dass mein Bruder all diese Dinge auch sieht und an dir liebt."

„Mmh", brummte Hanna.

Stille senkte sich über die beiden, die schließlich von Hanna gebrochen wurde. „Lass uns ausgehen!", rief sie.

„Jetzt?"

„Nein, aber in zwei Tagen findet ein Ball statt. Dein Bruder und ich waren eingeladen. Er hat die Einladungen weggeworfen, aber ich habe sie gefunden und an mich genommen. Ich bleibe doch nicht einfach zu Hause sitzen, während er in geheimen Auftrag unterwegs ist."

„Geheimer Auftrag?", fragte Lasse irritiert.

„Ach", winkte Hanna ab. „Ich sag das so, weil er mit mir kaum über seine Arbeit spricht. Er sagt, er sei Kaufmann, aber manchmal frage ich mich, mit was er handelt. Weißt du es?"

„Nein." Lasse runzelte nachdenklich die Stirn. „Ich habe nie mit ihm über die Arbeit gesprochen. Es interessierte mich ehrlich gesagt nicht. Hauptsache, er hat seinen Spleen wegen der Kirche abgelegt."

Hanna lehnte sich im Sessel etwas vor. „Er liest immer noch gerne und oft in der Bibel. Wir gehen jeden Sonntag zur Kirche, und ich glaube, unter der Woche geht er auch hin."

„Früher wollte er Priester werden."

Hanna lachte ihr raues Lachen, das Lasse so gerne hörte. Es wärmte ihm das Herz. „Für einen Priester wäre er zu leidenschaftlich", sagte sie lächelnd. „Was ist nun mit dem Ball, begleitest du mich?"

Lasse fühlte sich hin- und hergerissen zwischen dem Pflichtgefühl seinem Bruder gegenüber und seinem eigenen Verlangen, Hanna nahe zu sein.

„Schenk mir ein wenig Ablenkung", bat sie mit einem Lächeln, dem Lasse nicht widerstehen konnte. Er nickte und besiegelte damit ihrer beider Schicksal.

10. Kapitel

iana kehrte zurück in das Zimmer, wo Hanna sie bereits erwartete.

„Wie geht es dir?", fragte ihre Ziehmutter überraschend sanft. Kein vorwurfsvolles Wort kam über ihre Lippen.

„Wie soll es mir schon gehen?", erwiderte Diana distanziert. Am liebsten hätte sie geweint – um den getöteten Alexander, aber auch um Maximilian. Maximilian, der sie beschützt und seine wundervollen weichen und süßen Lippen auf ihre gedrückt hatte. Innerlich seufzte sie.

„Oh, meine süße, kleine Rap... Diana." Hanna strich ihr sanft über den Kopf, ehe sie sie in den Arm nahm. „Es wird leichter werden."

Diana lehnte sich an ihre Brust. Die Lippen fest aufeinandergepresst, um nicht in Tränen auszubrechen. Sie wollte nicht weinen – nicht schon wieder. Sie wollte kein kleines, hilfloses Mädchen sein.

„Was kann ich für dich tun, damit es dir besser geht?"

„Hilf mir, einen Weg zu finden, diesen Fluch aufzuheben." Diana löste sich aus der Umarmung und sah Hanna herausfordernd an.

„Es gibt keine Möglichkeit."

„Woher willst du das wissen?"

„Weil ich es weiß", beharrte Hanna.

„Blödsinn!", rief Diana aufgebracht. „Jeder Fluch kann irgendwie aufgehoben werden, so ... so steht es in den Büchern."

Hanna lachte auf. „In welchen Büchern? Meinst du diese Kitschromane? Diese Märchen?"

Diana schob ihr Kinn vor. Ihr Herz zog sich schmerzlich zusammen.

Hannas graue Augen waren kalt wie eine Novembernacht.

„Wach auf, Kind. Im wirklichen Leben gibt es keine Aufhebung des Fluches."

„Du lügst!", spie Diana ihr entgegen. Sie konnte instinktiv spüren, dass Hanna nicht aufrichtig zu ihr war. Sie hatte es, wenn sie ehrlich war, schon viel früher gespürt, aber nie den Mut gehabt, diesem Empfinden Vertrauen zu schenken.

„Sei leise", ermahnte Hanna. „Wir wollen nicht die Aufmerksamkeit auf uns lenken."

Nun war es an Diana, aufzulachen. „Und wenn schon? Sag mir endlich die Wahrheit, Hanna!"

„Du willst die Wahrheit? Der Fluch kann nicht aufgehoben werden, weil es keinen Fluch gibt!", platzte es wütend aus ihr heraus.

Dianas Augen weiteten sich erschrocken. Sie hielt sich ihre Hände vor den Mund, als sie flüsterte: „Was? Wie ... Aber ..."

„Ja, du hast richtig gehört", sagte Hanna und packte ihre Ziehtochter an den Handgelenken. „Es hat nie einen Fluch gegeben. Es ist ein Geschenk. Der Kuss des Sukkubus. Einmal in seinem endlosen Leben kann ein Sukkubus dieses Geschenk einer anderen Frau geben. Einmal! Und ich habe mich für dich entschieden, Diana, weil ich dich liebe. Weil du meine Tochter bist."

„Ich bin nicht deine Tochter!" Diana versuchte, sich aus dem eisernen Griff zu befreien, aber Hanna ließ nicht locker.

„Doch, das bist du, auch wenn ich dich nicht geboren habe, so habe ich dich großgezogen und dich vom ersten Augenblick an geliebt."

„Was ist mit meiner Mutter?", fragte die junge Frau mit Tränen in den Augen. „Hast du mich, was sie angeht, auch belogen?"

„Nein", sagte Hanna. „Sie hat dich mir überlassen. Ihr war es wichtiger, den Mann zu bekommen, den sie begehrte, als ihr erstes Kind zu behalten. Sie hat von den magischen Rapunzeln gegessen, damit er sich in sie verliebt, und im Gegenzug hat sie mir ihr erstes Kind versprochen."

Diana schluchzte laut auf. Sie wusste, dass Hanna nun die Wahrheit sagte.

„Diana, nichts ist schändlicher, als sein Kind zu opfern." Nun standen auch Hanna Tränen in den Augen. „Bitte, glaub mir, ich wollte immer nur das Beste für dich, und dazu gehört auch, dass ich dich in einen Sukkubus verwandelt habe."

„Mach es rückgängig", forderte Diana und riss sich los.

„Das kann ich nicht. Das ist nicht möglich."

Diana öffnete ihren Mund, um Hanna zu sagen, dass sie noch nicht davon überzeugt war, als die Tür zum Zimmer mit einem Krachen aufgestoßen wurde. Erschrocken fuhren Hanna und Diana herum.

Es war Lasse, der in den Raum platzte. „Wir brechen auf – sofort!"

„Warum?", fragte Hanna überrascht.

„Prinz Maximilian ist unten im Stall", erwiderte Lasse.

Hanna zog fragend die Brauen zusammen.

„Er wollte zu Diana. Er ist in sie verliebt." Hastig gab Lasse einen Abriss der Ereignisse, ließ aber ziemlich viel aus und verdrehte die Geschichte so, dass der Prinz ihm angeblich zufällig über den Weg gelaufen wäre und sich nach Diana erkundigt hätte.

„Ich habe ihn niedergeschlagen. Noch ist er bewusstlos."

„Was?", rief Diana entsetzt. „Bist du verrückt?!" Sorge ergriff ihr Herz wie eine eisige Hand.

Lasse zuckte mit den Schultern. „Er wird es überleben."

Diana wollte sofort aus dem Zimmer stürmen, aber Lasse packte sie am Arm und hielt sie zurück. „Du bleibst hier!"

„Nein", zischte Diana. „Ich will sehen, ob Maximilian wohlauf ist."

„Das wirst du nicht", sagte Hanna energisch. „Du packst jetzt deine Sachen."

„Nein!"

„O doch, das wirst du!" Hanna funkelte Diana wütend an.

Dianas Augen brannten vor Wut. „Ich hasse dich!"

Lasse ließ sie los.

Die junge Frau fühlte sich, als hätte sie einen Feuerball verschluckt, der in ihrem Inneren loderte. Lieblos stopfte sie ihre Kleidung in den Koffer. Auch Hanna packte. Lasse stand die ganze Zeit über vor der Tür und verhinderte damit eine mögliche Flucht Dianas. Er trat erst zur Seite, als die beiden ihre Koffer gepackt hatten. Sein eigenes Gepäck stand bereits draußen.

Als sie in den Stall kamen, lag Maximilian immer noch bewusstlos dort. Diana entfuhr ein erschrockener Laut. Sie ließ ihren Koffer fallen, rannte zu dem Prinzen und kniete neben ihm nieder.

„Rapunzel!", rief Hanna.

Diana ignorierte ihren Ruf. Sie hatte nur noch Augen für Maximilian, berührte seine Wange, flüsterte seinen Namen in der Hoffnung, er würde erwachen. Diana legte ihre Hand auf seine Brust. Erleichtert spürte sie die Bewegung seines Atems.

„Spann die Pferde an", wies Hanna Lasse an.

Am Rande nahm Diana wahr, wie ihr Ziehvater die Tiere aus den Boxen holte und nach draußen zur Kutsche führte.

„Wach auf, Maximilian", flehte Diana und zuckte erschrocken zusammen, als Hanna ihr eine Hand auf die Schulter legte.

„Bitte, mach es dir nicht noch schwerer. Lass von ihm ab."

„Erst muss ich wissen, dass es ihm gut geht", schluchzte Diana. „Das ist alles. Ich weiß, dass ich nicht mit ihm zusammen sein kann."

„Du würdest ihn über kurz oder lang töten", sagte Hanna sanft.

Diana ballte ihre Hände zu Fäusten. „Weil du mich verdammt hast", zischte sie wütend.

In diesem Moment flatterten Maximilians Augenlider.

„Die Kutsche ist bereit", rief Lasse.

„Komm", sagte Hanna und drückte ihre Schulter.

„Er wacht auf. Ich muss bei ihm bleiben!"

„Diana?" Maximilian öffnete seinen Augen.

„Wie geht es dir?"

Der Prinz verzog sein Gesicht schmerzvoll. „Bestens. Als ob mich ein Riese erschlagen hätte. Um dein Gesicht tanzen Sterne – so hübsch." Er lächelte, bevor er sich abdrehte und sich übergeben musste.

Erschrocken griff Diana ihn bei den Schultern. „Es geht dir gar nicht gut." Und an Lasse und Hanna gewandt rief sie aufgebracht: „Wir können ihn nicht einfach so hier lassen. Er könnte sterben."

„Blödsinn", knurrte Lasse. „So stark habe ich ihn nicht geschlagen. Er muss einfach ein bisschen schlafen."

Hanna nickte bekräftigend. „Steig in die Kutsche!"

„Nein!" Diana sprang entschlossen auf. „Du hast mir nichts zu sagen."

„O doch!", konterte Hanna. „Meinst du, ich will noch mal eine Tochter verlieren? Glaubst du das wirklich?"

Diana erstarrte. „Was hast du gesagt?"

„Steig in die Kutsche! Jeden Moment kann ein Stalljunge kommen und nach den Pferden sehen. Also los!" Hanna warf Lasse einen Blick zu, und ehe Diana reagieren konnte, wurde sie von ihm in die Höhe gehoben und zur Kutsche getragen. Sie versuchte, sich aus seinem Griff zu befreien, wand sich und zappelte, aber Lasse war so viel stärker als sie. Ihre Schläge und Tritte beeindruckten ihn nicht im Geringsten. Er hievte sie in die Kutsche und verriegelte die Tür von außen. Diana schrie wütend auf. Sie verfluchte Lasse, verfluchte Hanna. Nie in ihrem Leben hatte sie einen solchen Zorn in sich gespürt und gleichzeitig eine derartige Hilflosigkeit.

Es dauerte nicht lange und Lasse schloss für Hanna die Kutschentür wieder auf. Die schlüpfte so schnell hinein, dass Diana keine Gelegenheit blieb, aus der Kutsche zu fliehen. Wohlweislich sperrte Lasse die Tür wieder ab.

„Ich hasse euch!", stieß Diana hervor.

„Damit kann ich leben", erwiderte Hanna mit ruhiger Stimme.

„Wenn Maximilian irgendetwas passiert …"

„Es geschieht ihm gar nichts." Hanna sah sie mit hochgezogener Augenbraue an. Um ihren Mund eine harte, herzlose Linie. „Mir war nicht klar, dass der Prinz dir so nahesteht."

Diana wandte ihren Blick ab, starrte aus dem Fenster hinaus. Die Häuser der Stadt zogen an ihnen vorbei. Langsam verschwammen sie vor ihren Augen.

„So will ich nicht weiterleben", flüsterte sie. „Ich will sterben."

Hanna beugte sich mit einem Ruck vor und ergriff ihre Hände: „Sieh mich an!"

Diana presste die Lippen entschlossen aufeinander und blickte weiter aus dem Fenster, während ihr Tränen über die Wangen flossen.

„Sieh mich an!", wiederholte Hanna eindringlich, und als Diana noch immer nicht reagierte, packte sie sie am Kinn, zwang sie, den Blick auf sie zu richten. „Verhalte dich nicht so kindisch."

„Du hast mich belogen! Mir ein Märchen erzählt von einem Fluch." Diana riss sich aus der Umklammerung los. „Wegen dir kann ich nie mit Maximilian zusammen sein."

Hanna brach in Gelächter aus. Ein schallendes und kaltes Lachen. „Sei nicht albern, Rapunzel. Du hättest, auch wenn du kein Sukkubus wärst, nie mit ihm zusammen sein können."

„Das ist nicht wahr."

„Er ist ein Prinz. Er wird König dieses Landes werden, und sein Vater wird ihm nicht erlauben, irgendein dahergelaufenes Mädchen ohne Rang und Namen zu heiraten", sagte Hanna barsch und fügte hinzu: „Angeblich soll er Ria heiraten, die Tochter von König Trojan."

Diana hatte keine Ahnung von König Trojan oder dessen Tochter, aber auch wenn sie über die beiden informiert gewesen wäre, hätte sie Hanna kein Wort geglaubt. „Lügnerin!", stieß sie aus. „Wie soll ich dir jemals wieder vertrauen?!"

Hanna seufzte. Ein nachsichtiges Seufzen.

Diana sank in sich zusammen, lehnte den Kopf an die kühle Scheibe der Kutsche. Tränen trockneten auf ihren Wangen, als sie mit leiser Stimme sagte: „Du lügst oder schweigst. Nie hast du mir von deiner Tochter erzählt."

„Sie ist tot, was soll es da zu erzählen geben", platzte es bitter aus Hanna heraus.

Diana musterte die Frau, die ihr gegenübersaß, von der sie so viele Jahre lang geglaubt hatte, sie sei ihre Mutter, von der sie geglaubt hatte, sie würde sie beschützen, weil ein Fluch auf ihr lag. Sie war so naiv gewesen. Hätte sie nur einmal *wirklich* darüber nachgedacht, dann wäre ihr aufgefallen, wie wurmstichig ihre Geschichte war. In diesem Augenblick aber war die Wut verebbt. Sie erkannte den Schmerz in Hannas Augen, sah ihn in der Art und Weise, wie ihre Kiefer sich spannten und sie nun ihrerseits aus dem Fenster blickte.

„Was ist geschehen?", hauchte sie.

Hanna schaute Diana an. Ihre grauen Augen hatten sich verdunkelt wie ein Ozean kurz vor einem Sturm. „Sie ist schon lange tot. Es spielt keine Rolle mehr."

Dianas Herz zog sich mitfühlend zusammen. „Du hast sie sehr geliebt."

Ohne darauf zu antworten, wandte Hanna ihren Blick wieder zum Fenster hinaus, als würde sie dort draußen auf den Feldern, hinter denen die Sonne aufging, ihre Tochter sehen. So nah und doch so fern.

„Bitte!", Diana beugte sich vor und ergriff die rechte Hand ihrer Ziehmutter. „Erzähl mir von ihr."

Hanna seufzte. „Es gibt nichts zu berichten." Es war ein halbherziger Versuch, dem Gespräch auszuweichen. Diana dachte jedoch nicht daran, aufzugeben. Sie wollte mehr erfahren und Hanna verstehen.

„Wie ist sie gestorben? War sie auch ein Sukkubus?"

Hanna schüttelte den Kopf. „Nein, sie starb bei der Geburt."

Obwohl die Worte leise über ihre Lippen kamen, so konnte Diana trotzdem all die Wut und Trauer heraushören. „Das tut mir leid", sagte sie heiser.

„Mir auch", schnaubte Hanna.

Diana lehnte sich betroffen zurück. Ihr brannten noch so viele Fragen auf der Zunge, aber sie spürte, dass Hanna sie nicht beantworten würde, nicht heute und wahrscheinlich sogar niemals. Und wenn sie irgendwann doch etwas erzählen würde, so konnte Diana nicht sicher sein, ob es die Wahrheit war. Vielleicht stimmte auch diese Geschichte nicht, obwohl sie Hanna in diesem Fall glaubte. Sie hatte den Schmerz in ihren Augen gesehen. Er war echt. Auch jetzt wirkte sie traurig, wie sie so aus dem Fenster blickte. Aber das alles spielte keine Rolle. Diana entschied, dass es an der Zeit war, bei der erstbesten Gelegenheit, die sich ihr bot, zu fliehen. Sie würde sich irgendwie durchschlagen, auf der Suche nach einem Weg, wieder ein gewöhnlicher Mensch zu werden. Noch war der letzte Funke Hoffnung nicht erloschen, und in Anbetracht der Tatsache, wie unaufrichtig Hanna zu ihr war, lag es auf der Hand, nicht aufzugeben.

Dianas Worte hatten Erinnerungen in Hanna geweckt, die sie tief in sich begraben hatte. Erinnerungen, die süß und bitter zugleich waren.

Sie hatte die Wochen, in denen ihr Mann auf Geschäftsreise war, nicht damit verbringen wollen, zu Hause zu sitzen und ihn zu vermissen, und schon gar nicht wollte sie den Ball von Sigrun Walker verpassen. Sigrun Walker war eine sehr reiche Witwe. Von ihr eingeladen zu werden, war wie der Ritterschlag eines Königs. Ihr Mann hielt nicht viel von solchen Ritterschlägen. Ihm war sein Beruf wichtiger, und gesellschaftliche Anlässe waren ihm lästig. Vielleicht lag es daran, weil er aus einer wohlhabenden Familie stammte und damit aufgewachsen war. Sie hingegen kannte die Armut, das lange Kauen auf hartem Brot und das Frieren im Winter. Umso mehr genoss sie nun das angenehme Leben.

Lasse war an diesem Abend ihr Begleiter. Ein aufmerksamer freundlicher Begleiter, dem aber der Charme und das Charisma seines Bruders fehlten. Äußerlich war Lasse jedoch ganz klar der ansprechendere von beiden und somit für Hanna ein würdiger Ersatz für ihren Mann. Sie erinnerte sich bruchstückhaft an den Ball, an Gespräche mit Leuten, die sie kannte, an neue Gesichter, und sie erinnerte sich an die Tänze. Manche mit Lasse, manche mit anderen Herren, und irgendwann verlor sie ihren Begleiter aus den Augen und traf Christina. Christina war eine wunderschöne junge Frau mit Augen, so blau wie Enzian, und langem, braunem Haar, das ihr in schweren Locken über die Schultern fiel. Ihr graziler Körper war in ein eng anliegendes, zinnoberrotes Samtkleid gehüllt. Hanna war schnell fasziniert von ihr, der weichen, hellen Stimme und – sehr zu ihrer eigenen Überraschung – auch von dem sinnlichen, kirschroten Mund. Doch Christina war nicht nur wunderschön, sie hörte Hanna zu, wie es noch nie jemand getan hatte, und so vertraute Hanna ihr all ihre Ängste an. Erzählte ihr davon, wie sehr sie sich fürchtete, alt zu werden und ihre Schönheit zu verlieren. Sie gestand ihr auch, dass sie sich vor den Veränderungen fürchtete, welche die Geburt des Kindes mit sich bringen würden.

„Du musst nicht alt werden, du musst dieses Kind nicht gebären. Ein Kuss von mir, und du wirst auf ewig wunderschön sein und dein Leben unendlich", eröffnete ihr Christina.

Hanna schüttelte ungläubig den Kopf. Wieso sollte sie ihr Kind nicht zur Welt bringen wollen? Sie liebte das heranwachsende Geschöpf in ihrem Bauch mit einer Intensität, die sie noch nie zuvor gespürt hatte, wenngleich Unsicherheiten und Ängste ab und an ihre Muttergefühle überschatteten. Auf immer jung und schön zu bleiben, das klang jedoch sehr verlockend.

„Wenn du mir nicht glaubst, ist doch nichts dabei, wenn wir uns küssen." Christina lächelte verführerisch, und Hannas Herz klopfte wild vor Aufregung. Die Arglistigkeit im Blick der anderen sah sie nicht.

Sie standen etwas abseits von den anderen Gästen, als es schließlich passierte. Es war ein süßer und kraftvoller Kuss zugleich.

Hanna erinnerte sich noch genau daran, wie die Vitalität sie kurz danach durchströmt hatte, sie stärkte. Am nächsten Tag sah sie besser aus als je zuvor …

11. Kapitel

Maximilian saß im Gasthof an einem Tisch über einen dampfenden Eintopf gebeugt. Es war Mittag und er fühlte sich etwas besser, wenn auch noch nicht hundertprozentig auf der Höhe. Thomas hockte ihm gegenüber, während Melech sich mit der Wirtin unterhielt.

„Du bist ein Narr", raunte Thomas ihm zu.

„Ja, ich weiß", seufzte Maximilian. „Ich habe Melech geradewegs auf die Spur geführt, obwohl ich es eigentlich anders geplant hatte."

Thomas schüttelte den Kopf. „Das meine ich nicht. Du bist blind vor Liebe und bringst dich in Gefahr. Du hättest erfrieren können. Was, wenn dieser Kerl dir den Schädel eingeschlagen hätte? "

Der Prinz lachte trocken auf. „Einen Moment lang habe ich sogar geglaubt, er hätte es getan." Er löffelte etwas Eintopf, der würzig schmeckte. Mit jedem Bissen kehrten seine Lebensgeister mehr und mehr zurück.

„Was jetzt?", wollte Thomas wissen.

„Wir müssen Melech von seinem Vorhaben abhalten oder Diana warnen."

„Du weißt aber immer noch nicht, wo sie lebt", gab Thomas zu bedenken und trank den Wein in einem Zug aus.

„Ich glaube, irgendwo in der Nähe des Waldes."

„Der Wald ist riesig. Die Dörfer ringsherum unzählig."

Der Prinz sah sehr unglücklich aus. Er wusste selbst, wie schwierig es sein würde, aber aufgeben wollte er nicht. Diana hatte Gefühle für ihn, das stand außer Frage. Sie wollte ihn, vielleicht sogar so sehr wie er sie. Diese Hanna und der große Kerl waren allerdings ein Problem.

Die Karte von zu Hause hatte Maximilian dabei, aber er wollte sie nicht aufrollen. Melech konnte jederzeit wieder zu ihnen an den Tisch zurückkehren. Er dachte an die Begegnung mit Diana, die Berührungen, den Kuss. Der Kuss war wundervoll gewesen. Ihre Lippen hatten eine Süße, die ihresgleichen suchte. Er wünschte, er könnte sie wieder küssen, ihre weiche Haut berühren und mit seinen Fingern durch ihr goldenes, seidiges Haar streicheln. Er wollte wieder ihre Stimme hören, ihren Atem auf seiner Haut spüren … Maximilian seufzte.

„Was ist?", fragte Thomas.

„Ach, ich dachte bloß an den Kuss."

Thomas' Mundwinkel zogen sich nach oben.

„Es war wundervoll", sagte der Prinz leise und mit entrücktem Blick.

„Habt ihr … seid ihr einen Schritt weitergegangen?", fragte sein Freund zögerlich.

Maximilian schüttelte den Kopf. „Diana hat den Kuss abgebrochen, weil der Kerl draußen auf sie wartete."

Auf Thomas' Stirn zeichneten sich tiefe Furchen des Nachdenkens ab, aber auch des Zweifels. Maximilian wusste sie zu deuten, ehe er seinen Gedanken laut aussprach: „Möglicherweise hat sie den Kuss beendet, weil sie dich nicht töten wollte."

Beklemmung machte sich in Maximilian breit.

„Du sagst selbst, Diana und diese Hanna können unmöglich Mutter und Tochter sein. Aber vielleicht sind sie es doch", führte Thomas seine Überlegung weiter aus. „Nicht auf die herkömmliche Weise, aber möglicherweise hat Hanna Diana in einen Sukkubus verwandelt."

Die Beklemmung wandelte sich in eisige Kälte. Maximilian spürte sie nicht nur in seinem Inneren, sondern auch in seinem

Gesicht. „Ich dachte, der Teufel würde die Frauen verführen und zu dem machen, was sie sind." In seinen Ohren klang seine Stimme blechern.

Thomas schüttelte den Kopf. „Melech hat mich aufgeklärt."

„Worüber?" Der Kirchenmann trat mit einem zufriedenen Gesichtsausdruck an den Tisch.

„Über den Kuss des Sukkubus", erklärte Thomas.

„Ah ja", murmelte Melech. Und an den Prinzen gewandt sprach er: „Die Weiber des Teufels können selbst einen Sukkubus schaffen, wie sich herausgestellt hat. Sie küssen eine andere Frau und geben so die Kraft weiter, die sie einst vom Leibhaftigen erhalten haben."

Thomas sah den Prinzen mit einem Blick an, der bedeutete: *Na, was habe ich gesagt: Diana ist auch ein Sukkubus.*

Maximilian schaute schnell zu Melech. Er erkannte im Wissen des Ordensmannes auch eine Chance. „Gibt es denn auch einen Weg, diese … diese Kräfte zurückzunehmen?"

„Ja", erwiderte Melech.

Maximilians Herz schlug hart in der Brust, gespannt lehnte er sich vor.

Melech zog blitzschnell einen Dolch aus seiner Kutte und rammte ihn in die Tischplatte.

Der Prinz und Thomas zuckten erschrocken zusammen.

„Der Tod ist der einzig wahre Weg."

Enttäuschung flutete Maximilian, aber noch wollte er nicht aufgeben. „Es gibt keine Alternativen? Die Frauen zu bekehren, zurück zu Gott zu führen?" Erwartungsvoll sah er den Kirchenmann an.

Dieser schüttelte entschieden den Kopf. „Der Bund mit dem Teufel ist sehr stark. Wir haben es mit Exorzismus versucht, mit Weihwasser, glaub mir, wir wollten diese Seelen retten, aber sie sind hoffnungslos verloren." Melech machte ein bedauerndes Gesicht. Ein theatralisch bedauerndes Gesicht, das der Prinz ihm keine

Sekunde lang abkaufte. Melech war zwar ein Geistlicher, aber in ihm schlummerte etwas Dunkles, etwas, das den Geruch von Blut mochte.

Maximilian fühlte sich, als würde er fallen. Er hatte keinen Halt mehr, seine Welt war auf den Kopf gestellt worden von Diana, von Melech, aber auch von sich selbst, weil er derart vernarrt war in dieses bezaubernde Mädchen, von dem er nicht mit Sicherheit wusste, was sie war und ob sie ihn vielleicht mit ihren Kräften verführt hatte. Womöglich liebte er sie gar nicht.

Panik keimte in ihm auf. Seine Hände schlossen sich fest um die mittlerweile leere Schüssel. Nein, das konnte nicht sein. Er war doch in der Lage, seine wahren Gefühle zu erkennen. Oder etwa nicht?

„Melech, welche Reichweite hat die Kraft eines Sukkubus?", wollte er wissen. Jede Faser seines Körpers war angespannt, während er auf die Antwort wartete.

„Interessante Frage", meinte Thomas und sah den Kirchenmann ebenso erwartungsvoll an.

Melech strich sich über das spitze Kinn. „Sie reicht nur so lange, wie man in der Nähe des Sukkubus ist."

Maximilian presste die Lippen zusammen, damit kein triumphierender Laut seinem Mund entwich. Er wagte jedoch, seinem Freund einen Blick zuzuwerfen, der ihn stoisch aufnahm.

„Wie erkennen wir einen Sukkubus?", wollte Thomas wissen.

„Das könnt ihr nicht", erwiderte Melech. „Und wenn ihr es merkt, seid ihr bereits verfallen."

Maximilian blähte seine Backen auf und ließ anschließend die Luft entweichen. „Dann hat ein Mann keine Chance."

Melech präsentierte ein wölfisches Grinsen. „Haltet euch von schönen Frauen fern, die gut riechen."

„Und wie geht es nun weiter?", erkundigte Maximilian sich.

„Nun, ich habe gute Neuigkeiten. Die Wirtin kennt unseren Sukkubus, oder besser gesagt, sie konnte mir mitteilen, dass die Dame hier schon mehrere Male genächtigt hat. Für gewöhnlich ist sie in Begleitung eines Mannes. Dessen Beschreibung passt auf eine niederträchtige Kreatur, die ich auch schon sehr lange jage. Ich hätte nicht gedacht, dass die beiden immer noch zusammen sind. Inzwischen werden sie von einer jungen Frau begleitet – vermutlich ein zweiter Sukkubus." Eine grimmige Zufriedenheit breitete sich auf seinem Gesicht aus. „Ich hoffe, ihr zwei seid wirklich gut im Umgang mit dem Schwert."

„Von was für einer Kreatur sprechen wir bei dem Mann?", wollte Maximilian wissen.

„Von einem Mannwolf", eröffnete Melech.

Der Prinz hätte überrascht sein sollen, aber er war es nicht. Nicht, weil Maximilian mit solchen Wesen bereits zu tun gehabt hätte, sondern weil es den kräftigen Schlag von Lasse erklärte. Er sah zu seinem Freund, der ihn entgeistert anstarrte.

„Kriegen die feinen Herren weiche Knie?", fragte Melech.

„Nein", antwortete Maximilian schnell.

Thomas räusperte sich. „Na ja, ich weiß nicht, ob wir die rechten Männer dafür sind. Weder der Prinz noch ich haben jemals gegen solche Teufelsgeschöpfe gekämpft."

Maximilian klopfte wütend mit der flachen Hand auf den Tisch, sodass die Schüssel und die Krüge darauf schepperten. „Dann geh nach Hause, Thomas."

Melech verschränkte die Arme vor der Brust. Er sah Thomas herausfordernd an. Eine Augenbraue hochgezogen. „Bist du ein Feigling?"

„Nein", antwortete der. „Ich bin nur realistisch. Der Prinz und ich wurden ausgebildet, gegen Männer zu kämpfen. Gewöhnliche Männer."

Der Kirchenmann beugte sich vor, die Hände auf der Tischplatte abgestützt. „Wir werden auf keinem Schlachtfeld kämpfen."

„Aber gegen Geschöpfe des Leibhaftigen", gab Thomas zu bedenken.

Maximilian wurde langsam ungeduldig. Die Rederei und die Zweifel seines Freundes knabberten wie eine gefräßige Ratte an seinen Nerven.

„Sie sind nicht unbesiegbar", grinste Melech. „Der Teufel mag stark sein, aber", er blickte nach oben zur Decke, „Gott ist mächtiger."

Thomas sah zu Maximilian. Der Prinz nickte ihm zu. „Melech ist ein erfahrener Ordensmann. Er kann das Risiko einschätzen."

„So ist es", bestätigte Melech. „Wir werden uns ein Geschöpf nach dem anderen vorknöpfen, und ihr seid gute Lockvögel. Beide jung und gut aussehend. Kein Sukkubus kann da widerstehen."

„Lockvögel?", echote Maximilian mit gerunzelter Stirn und fügte an: „Das klingt, als würdest du uns dem sicheren Tod ausliefern."

„Nichts läge mir ferner", versicherte Melech. „Ich werde rechtzeitig einschreiten."

„Thomas?", fragte Maximilian sanft.

Der Angesprochene griff nach seinem Bier. „Ach verdammt, ich bin dabei."

Melech klopfte ihm auf die Schulter. „Gott wird dir deinen Dienst hoch anrechnen."

Thomas leerte den Krug in einem Zug. „Das will ich hoffen."

„Und wie gehen wir nun vor?", wollte Maximilian wissen.

„Wir gehen in den Stall", antwortete Melech und erhob sich.

Maximilian verspürte einen Anflug von Kopfschmerzen. Als Lasse zugeschlagen hatte, hatte er das Gefühl gehabt, er würde sterben, und als er erwachte, wieder. Einen Moment lang hatte er sogar geglaubt, im Himmel zu sein, als er Dianas Stimme hörte und sie dann auch noch sah, etwas verschwommen, aber wunderschön und so besorgt um ihn. Dann war ihm schlecht geworden, Sterne tanzten vor seinen Augen, und er hatte sich übergeben. Er hoffte, Diana würde ihn nicht so in Erinnerung behalten. Der Stalljunge hatte ihn etwas später gefunden und dafür gesorgt, dass Melech und Thomas gekommen waren, um ihn wieder aufzupäppeln. Er hatte dem Kirchenmann erzählt, er hätte zu viel getrunken, sei irgendwie in den Stall getorkelt und hätte sich den Kopf gestoßen. Wo und wie, wisse er nicht.

Melech hatte ihn gewarnt, ab jetzt müsse er einen klaren Kopf bewahren, und Maximilian hatte ihm versichert, er wäre normalerweise kein Trunkenbold.

„Was wollen wir dort?", fragte er nun.

„Die Wirtin verriet mir, dass der Stallmeister den Wolfsmenschen kennt. Ich will herausfinden, *wie gut.*"

Der Stallmeister war ein untersetzter, mürrischer Kerl mit widerspenstigen braunen Haaren.

„Was wollt Ihr von Lasse?", wollte er wissen, nachdem Melech sich nach dem Begleiter der beiden Frauen erkundigt hatte.

„Nur eine kleine Auskunft", flötete Melech.

„Ich bin Stallmeister und kein Spitzel", schnaubte der Mann, drehte sich um und griff nach der Mistgabel.

Melech biss sich auf die Unterlippe und sah aus, als würde er seinem Gegenüber gerne eine verpassen.

Maximilian entschied, dass es eine gute Gelegenheit war für die höfische „Ich-lecke-dir-den-Hintern"-Stimme.

„Werter Herr", rief er und trat vor. „Die junge Dame hat eine Kette verloren, die wir ihr zurückgeben wollen."

Der Stallmeister drehte sich um. Eine Augenbraue hochgezogen, in der rechten Hand die Mistgabel, als wolle er damit im Notfall zustechen. „Eine Kette?"

„Ja, eine Kette." Der Prinz nickte.

„So, so. Und wo ist die?", hakte der Mann nach.

„Ja, wo ist die?", fragte Thomas.

Maximilian hätte ihn am liebsten geohrfeigt für seinen Kommentar. Wo sollte er … aber halt. Triumphierend präsentierte er die schlichte goldene Kette um seinen Hals.

„Ihr tragt sie selbst?" Misstrauen tränkte jedes einzelne Wort des Stallmeisters.

„Damit ich sie nicht verliere", antwortete Maximilian, ohne zu zögern.

„Aha." Wirklich überzeugt klang der Mann noch nicht.

Der Prinz nahm die Kette ab, um sie vor seinem Gesicht hin und her baumeln zu lassen. „Sehen meine Freunde und ich aus, als könnten wir uns ein so edles Geschmeide leisten?"

Der Stallmeister musterte jeden der Anwesenden eingehend und schien schließlich zu dem Entschluss zu kommen, dass Maximilian die Wahrheit sagte. Jedenfalls hörte sich sein Seufzer danach an.

Rasch legte der Prinz sich die Kette wieder um. „Und Ihr könnt uns etwas zu den Damen oder ihrem Begleiter erzählen?"

Der Stallmeister fuhr sich mit seiner schwieligen Hand übers Kinn. „Nun ja, den Lasse kenne ich, so gut, wie man ihn halt kennen kann. Er ist ein sehr schweigsamer Bursche. Begleitet immer die wunderschöne Dunkelhaarige. Die beiden kommen einmal im Monat in die Stadt. Die junge Frau, die dieses Mal dabei war, habe ich allerdings noch nie zuvor gesehen."

„Das heißt, Ihr wisst gar nichts", knurrte Melech.

Der Stallmeister kratzte sich am Kopf. „Nun ja, es fällt mir gerade etwas schwer, mich zu erinnern." Mit Erwartung in den Augen sah er zwischen den drei Männern hin und her.

Melechs Lippen zuckten voller Widerwillen, als er einen Taler aus dem Beutel zog und ihn dem Stallmeister hinstreckte. „Hilft das dem Gedächtnis auf die Sprünge?"

Das Gesicht des Mannes erhellte sich. „O ja, jetzt sind die Erinnerungen zurückgekehrt. Die dunkelhaarige Schönheit heißt Hanna. Hanna Gothel."

Melech zuckte mit den Schultern. „Ein gewöhnlicher Name, der mir bereits bekannt ist." Er packte die Hand des Stallmeisters, in der er den Taler hielt. „Eure Auskunft ist wertlos."

„Das glaube ich nicht", entgegnete der Stallmeister. „Nicht, wenn ich euch verrate, wen die Dame jeweils besucht."

„Lasst Euch doch nicht alles aus der Nase ziehen", entfuhr es Maximilian. „Schießt los!" Aus seiner Hosentasche beförderte er einen weiteren Taler und drückte ihn dem Mann in die Hände.

„Ich habe einen Bruder, einen Gerber, der ist Nachbar des Mannes, den Hanna Gothel immer wieder besucht. Ich habe sie schon mehrere Male dort gesehen." Ein breites Grinsen verformte die Lippen des Mannes.

„Und was wisst Ihr sonst noch?", wollte Melech wissen. „Ein Name zum Beispiel?"

„Friedrich Gothel."

12. Kapitel

„*D*u bist verrückt! Je länger die Sache läuft, umso mehr bin ich davon überzeugt", flüsterte Thomas, als er und Maximilian einen Moment alleine waren, weil Melech kurz austreten musste.

„Du kannst immer noch gehen", erwiderte der Prinz.

„Wie schon gesagt: Ich will nicht einen Kopf kürzer werden, weil ich meine Pflichten vernachlässigt habe." Thomas verschränkte die Arme vor der Brust.

„Du hast sie schon vernachlässigt", sagte Maximilian augenzwinkernd. „Schließlich bin ich abgetaucht."

Thomas hüstelte verlegen. „Na ja, nicht ganz. Dein Vater wusste, dass du im Hospiz warst."

„Was?", rief der Prinz aufgeregt.

„Er hätte sonst Männer ausgeschickt, um nach dir zu suchen. Es wäre ein Debakel geworden. Ich habe abgefedert, was es abzufedern gab."

Maximilian fühlte sich verraten von seinem besten Freund und sagte es ihm auch. „Hast du meinem Vater schon von Diana berichtet und von Melech?" Der Prinz konnte es nicht vermeiden, einen feindseligen Tonfall anzuschlagen. Thomas machte ein gekränktes Gesicht, was er überhaupt nicht nachvollziehen konnte.

„Nein, selbstverständlich nicht. Glaubst du im Ernst, er würde zulassen, dass du irgendeinem Mädchen nacheilst, zusammen mit einem irrsinnigen Kirchenmann?"

„Denkst du wirklich, dass er verrückt ist?"

Sein Freund nickte ernst.

Ehe Maximilian noch etwas fragen oder sagen konnte, tauchte Melech wieder auf. Der Ordensmann strahlte etwas aus, was dem Prinzen immer mehr Unbehagen bereitete, und er fragte sich, ob es tatsächlich so eine gute Idee gewesen war, sich ihm anzuschließen. Noch könnte er all die Dörfer rund um den Wald nach Diana absuchen. Aber so schnell der Gedanke gekommen war, so schnell vertrieb er ihn auch wieder in den hintersten Winkel seines Gehirns. Es würde Wochen, vielleicht sogar Monate dauern. Wenn Friedrich Gothel wusste, wo Hanna war – und die Chancen standen gut dafür –, dann wäre Melech innerhalb weniger Tage dort, möglicherweise auch schon innerhalb eines Tages, und was dann mit Diana passieren würde, wagte er sich nicht auszumalen. Er traute dem Kirchenmann vieles zu.

Die Beschreibung von Friedrichs Haus war sehr präzise, sodass sie es schnell fanden. Maximilian fragte sich, warum der Stallmeister ihnen Gothel so bereitwillig auslieferte. War es nur des Geldes wegen? Oder hatte er andere Beweggründe gehabt? Der Prinz war öfter ein Träumer und Idealist, trotzdem wusste er, dass mit Geld sehr viel erreicht werden konnte. Oft erschreckte ihn diese Gewissheit, und gleichzeitig verstand er es. Gerade in jenen Momenten, in denen er mit der Armut konfrontiert war, mit den hart arbeitenden Menschen, die trotz allem nur von der Hand in den Mund lebten. Er hatte noch nie hungern müssen. Sein Vater schon, als es einen sehr langen, harten Winter gegeben hatte und die Ernte des Sommers und Herbstes spärlich ausfiel. Es sei schlimm gewesen. Keiner hätte dem anderen das Stück Brot in der Hand gegönnt.

„Nun sind wir gespannt, was Friedrich Gothel uns zu erzählen hat über den Sukkubus", meinte Melech und brach die Stille, die zwischen ihnen geherrscht hatte, seit sie aufgebrochen waren.

„Denkst du, er wird uns freiwillig etwas verraten?", fragte Maximilian zweifelnd.

„Wohl kaum." Der Ton, in dem Melech diese beiden Worte aussprach, alarmierte Maximilian, aber auf eine sehr subtile, unterschwellige Art, die sich leicht verdrängen und in Gedanken schönreden ließ. Dafür würde er sich später noch verfluchen.

Melech klopfte an die Tür des Hauses. Drei Mal sehr kurz, aber bestimmt.

Eine Frau öffnete die Tür und blickte den unerwarteten Besuch überrascht an. Sie war ungefähr Ende zwanzig. Das braune Haar hatte sie zu einem Zopf geflochten, die Schürze vor ihrem einfachen und offensichtlich oft getragenen Kleid war schmutzig.

„Melech, Abgesandter des Acranum-Ordens", stellte sich der Mann der Kirche vor. „Und meine beiden Helfer Thomas und Maximilian." Er deutete auf die hinter ihm Stehenden.

„Wer ist da?", rief eine tiefe Stimme.

Die Frau wandte sich ab, um zu antworten, aber da stand bereits ein hochgewachsener älterer Mann neben ihr. Misstrauisch beäugte er die drei Fremden.

Melech stellte sich, Maximilian und Thomas erneut vor. „Seid Ihr Friedrich Gothel?"

Der Mann nickte langsam. Maximilian hatte den Eindruck, dass er etwas blass um die Nasenspitze wurde. Stimmlich gab er aber den Ahnungslosen: „Und wie kann ich Euch helfen?"

„Etwas Zeit, werter Herr, und einige Auskünfte."

Friedrichs Augen verdunkelten sich. Sein Gesichtsausdruck wurde hart. „Wie soll ich, ein einfacher Mann, der Kirche irgendwelche Auskünfte geben können? Ich bin schon dankbar, dass ich etwas lesen kann, wenn auch mehr schlecht als recht."

Maximilian, der einen Schritt nach vorne getreten war, sah, wie Melechs Mund sich zu einem bösartigen Grinsen verzog.

„Dann seid Ihr vermutlich gescheiter als so manch anderer Einfaltspinsel in diesem heruntergekommenen Quartier." Melech machte eine allumfassende Handbewegung.

„Es können nicht alle so privilegiert sein wie Ihr. Aufgezogen von der Kirche, um ihr zu dienen, und als Dank dafür …" Friedrich brach ab und biss sich auf die Unterlippe, als hätte er schon zu viel gesagt.

„Was für einen Dank?" Melech packte ihn am Kragen.

„Einen Freibrief zu erhalten für all Eure sündhaften, herzlosen Taten", erwiderte der ärmliche Mann mutig.

Maximilian bewunderte ihn dafür. Etwas später würde er sich wünschen, Friedrich hätte sich einfältiger gegeben, gehorsamer.

„Vorlaut sind wir also", stellte Melech grimmig fest und versetzte Friedrich einen heftigen Stoß, sodass er auf dem Hosenboden landete.

Die Frau schlug sich erschrocken die Hände vor den Mund und trat einen Schritt zurück.

„Kommt", rief Melech und trat ins Haus ein. Der Prinz und Thomas folgten ihm.

Ein ungutes Gefühl schlängelte sich wie eine Giftschlange um Maximilians Eingeweide. Seinem Freund schien es ähnlich zu gehen, denn er warf ihm einen Unheil ahnenden Blick zu. Dann sah er sich in dem kleinen Haus um. Beim Kamin hockten Kinder und eine ältere Frau. Die jüngere eilte zu der Alten und setzte sich neben sie auf den Boden. Allesamt starrten sie erschrocken die Eindringlinge an, rührten sich aber nicht von der Stelle.

Das Innere des Hauses war in einem desolaten Zustand. Die Balken schienen wie müde Sklaven zu sein, die das Obergeschoss in die Höhe stemmen mussten. Es roch nach feuchtem, altem Haus und kalter Asche. Es gab einen Tisch mit Stühlen, und vor dem Kamin war mit Decken und Fellen etwas angelegt worden, was als Sitzgelegenheit sowie als Schlafplatz genutzt werden konnte.

„Und jetzt, alter Mann, erzählst du uns alles, was du über Hanna Gothel weißt."

Friedrich rappelte sich vom Boden auf und spuckte wütend aus. „Ihr glaubt, weil Ihr ein feiner Herr der Kirche seid, könnt Ihr mit mir umgehen, wie es Euch gefällt."

Maximilian sah etwas Bösartiges in Melechs Augen aufblitzen. Etwas, das ihn erschreckte und eigentlich nicht überraschte.

„Lassen wir den Mann in Ruhe", sagte der Prinz. Er wollte die Spannung, die sich bedrohlich zwischen Friedrich und Melech aufbaute, entschärfen.

„Ja, lassen wir ihn in Ruhe", meinte Thomas und drehte sich bereits um.

„Nein!", sagte Melech laut.

„Vielleicht hat der Stallmeister gelogen", sagte Maximilian.

„Dein Name ist doch Friedrich Gothel, nicht wahr?" Melechs Augen wurden zu schmalen, bedrohlichen Schlitzen.

„Welcher Stallmeister?", wollte Friedrich wissen, ohne die Frage zu beantworten.

Melech machte einen Satz nach vorne und packte den armen Mann beim Kragen. Kinder und Frauen sogen erschrocken die Luft ein. „Der Stallmeister hat dich nicht zu interessieren. Es geht um Hanna Gothel. Wo finden wir sie?"

„Woher soll ich das wissen?"

„Ihr tragt den gleichen Namen", zischte Melech.

„Das kann vorkommen. Gothel ist gar nicht so selten."

„Blödsinn", knurrte der Kirchenmann, und über die Schulter blickend an Thomas gewandt sprach er: „Schließ die Tür." Dieser gehorchte, wenn auch etwas zögerlich. In Melechs Stimme lag Autorität, aber auch etwas Dunkles und Bedrohliches, das keinen Widerspruch erlaubte.

Friedrich schien es ebenfalls wahrgenommen zu haben, und als Melech ihn losließ und auf die Frauen und Kinder zu ging, fiel jede Tapferkeit von ihm ab.

„Was habt Ihr vor?" Seine Stimme bebte.

Melech antwortete nicht. Er packte ein kleines Mädchen bei den Haaren und zerrte es vom Boden auf. Die Kinder und die beiden Frauen kreischten. Melech zückte seinen Dolch. Er drückte die Klinge an das Gesicht des Kindes, das weinte und am ganzen Körper zitterte.

„Sie kommt manchmal her. Hanna Gothel!", schrie die ältere Frau, und die jüngere zeterte: „Sie war erst vor zwei Tagen hier. Sie kam nicht rein, aber ich habe sie und ein blondes Mädchen gesehen."

Melech grinste zufrieden. „So stelle ich mir das vor. Hilfreiche Bürger, die ihre Seele für den Himmel reinwaschen wollen. Nun, Friedrich, was gibt es sonst noch zu wissen über Hanna Gothel?"

„Nichts", brummte der Angesprochene.

„Oh, ich denke schon." Melech drückte die Klinge ins Fleisch des Kindes. Blut tropfte aus der Wunde, was die Frauen mit Flehen und Weinen quittierten.

Maximilian hatte die Hände zu Fäusten geballt. Jede Faser des Körpers war angespannt. Weiter würde Melech bestimmt nicht gehen. Himmel, es war ein kleines Mädchen, das er bedrohte! Ein unschuldiges Kind, und Melech war ein Mann Gottes!

„Lasst sie in Ruhe", bat Friedrich. „Sie kann nichts dafür und sie weiß nichts. Bitte!"

„Wenn du etwas gesprächiger wirst …"

„Es gibt aber nichts zu sagen." Friedrich versuchte weiterhin, den Tapferen zu geben, aber es gelang ihm nicht. Seine Stimme und die fahrigen Gesten, mit denen er seine Worte unterstrich, verrieten ihn.

Maximilian und Thomas wechselten besorgte Blicke.

„Sie ist seine Schwester!", schrie die jüngere Frau. „Manchmal bringt sie Geld. Mehr weiß ich aber nicht." Die Frau ließ ihren Kopf hängen. „Bitte lasst Martha los."

„Deine Schwester?" Melechs Mund verzog sich zu einem breiten Grinsen. „Ein großer Altersunterschied liegt zwischen euch."

„Rund Dreißig Jahre, na und?"

Nun lachte Melech. Ein klirrendes Lachen, das durch Mark und Bein ging. „Ich glaube eher, dass man deiner Schwester einfach das wahre Alter nicht ansieht. Ist es nicht so?"

Friedrich schwieg.

„Erzählt es ihm", bat Maximilian. „Er ... wir wissen, was Hanna ist. Sag uns einfach, wo wir sie finden können."

Friedrich reagierte nicht. Seine Kiefer malmten. Er schien nachzudenken. Dann schüttelte er den Kopf.

Was dann passierte, ging so schnell, dass niemand hätte einschreiten können. Melech schnitt dem kleinen Mädchen die Kehle auf. Blut spritzte im Takt des Herzschlages aus der Wunde. Alle schrien. Nur Maximilian schwieg. Er war wie gelähmt. Melech ließ das Kind achtlos zu Boden fallen. Mit großen Schritten ging er auf Friedrich zu, packte ihn an den Schultern und zischte: „Und jetzt packst du aus, alter Mann, oder ich meuchle deine ganze Familie, und du kannst dabei zusehen."

„Das kann nicht sein", stammelte Thomas. „Das darf nicht sein! O Gott ..."

Maximilian erwachte aus seiner Erstarrung. Er stürzte sich auf Melech und schrie: „Warum hast du das getan? Warum, du kranker Bastard?" Er und der Kirchenmann gingen gemeinsam zu Boden. „Das war ein unschuldiges Mädchen." Maximilian holte zum Faustschlag aus, den Melech abblockte und dann konterte, indem er den Prinzen mit beiden Händen kräftig von sich stieß.

Maximilian schlitterte über das Blut.

„Ein Opfer für das Höhere", sagte Melech, als er aufstand und sich den Staub von der Kleidung klopfte. „Ihr Tod wird unzählige Männer vor dem Tod retten. Das Leben eines einzelnen Balges gegen das Leben vieler."

„Du ... du bist verrückt", stammelte Maximilian.

Melech bückte sich nach seinem Dolch, um ihn drohend gegen den Prinzen zu richten. „Wag es nicht, so mit mir zu reden."

Maximilian stand entschlossen auf. Er hatte den Wahnsinn in Melechs Augen aufblitzen sehen. Den gleichen Wahnsinn, den er als Kind bei Ritter Goldmund gesehen hatte. Goldmund hatte König Josef gedient, der das Königreich seines Vaters einnehmen wollte. Goldmund war sein Ass im Ärmel gewesen und gleichzeitig sein Untergang, denn die Blutlust hatte den Ritter verrückt werden lassen. Manche glaubten sogar, er sei von einem Dämon besessen gewesen.

Maximilian wusste in diesem Moment einfach, dass er einschreiten musste. Denn er zweifelte daran, dass Melech Friedrich am Leben lassen würde.

„Leg den Dolch zur Seite!", befahl er und näherte sich dem Kirchenmann mit erhobenen Händen.

Melech lachte und steckte den Dolch weg. Der Prinz entspannte sich ein wenig.

„Ich dachte, du und dein Freund wollt der Kirche dienen", meinte Melech.

„Aber nicht so", erwiderte Maximilian. „Es sollen keine Unschuldigen sterben."

„Dieser Mann ist schuldig." Melech deutete auf Friedrich. „Er hat den Tod des Mädchens zu verantworten."

„Ich sage alles, was du hören willst!", weinte Friedrich. „Aber lass meine Familie in Ruhe!"

Genugtuung spiegelte sich in Melechs Gesicht wider, was Maximilian fast Brechreiz verursachte. Er sprang Melech an, riss ihn zu Boden und verteilte zwei, drei heftige Schläge, zu mehr kam er nicht, denn Melech schleuderte ihn erneut von sich, als wäre er nichts weiter als eine Strohpuppe. Maximilian schlitterte über den Boden und prallte mit dem Kopf gegen etwas Hartes. Verschwommen sah er Melech auf sich zukommen. Den Dolch in der einen Hand, die andere zur Faust geschlossen.

O Gott, er wird mich töten, schoss es ihm durch den Kopf.

„Lass von ihm ab!", brüllte Thomas. „Oder hast du vergessen, mit wem du es zu tun hast?!"

Melech hielt inne. Mit einem Grinsen sah er auf den auf dem Boden Liegenden hinunter. Maximilian versuchte halbherzig, die Arme zu heben, um sich vor einem Angriff zu schützen.

„Auch einem Prinzen muss man manchmal die Leviten lesen", hörte Maximilian den Ordensmann sagen und sah eine Faust auf sich zurasen. Der Schmerz explodierte in seinem Kopf in Form von Blitzen, und dann senkte sich Dunkelheit über ihn.

„Maximilian ..." Eine vertraute Stimme in der Dunkelheit. Stechender Schmerz. Eine piepsige Stimme, deren Besitzer keinem Geschlecht zuzuordnen war. „Ist er wirklich der Prinz?"

„Ja." Thomas. Es war Thomas, und die Stimme musste einem Kind gehören. Einem Kind aus Friedrichs Familie.

Maximilian biss auf die Zähne und versuchte, sich aufzurichten. Hände griffen unter seine Arme, halfen ihm beim Aufsitzen.

„Er hat dir ganz schön zugesetzt", sagte Thomas.

Der metallische Geschmack von Blut füllte Maximilians Mund aus. „Er hat mich fast umgebracht." Und in dem Moment, in dem er das letzte Wort aussprach, erinnerte er sich wieder an das getötete Mädchen, an die Familie, an Friedrich. Er sah sich im Raum um, sah die Frauen, die Kinder und das tote Kind und auch Friedrich, der vermutlich sein Spiegelbild war. Aufgeplatzte Lippe, blaues Auge, eine blutende Wunde am Kopf.

„Dieser Hurensohn", flüsterte Friedrich wütend. „Er wird Hanna töten. Er ist besessen von ihr. Er wird sie töten wie meine süße Enkelin." Der Mann brach in Tränen aus, als er auf das leblose Mädchen blickte.

„Du bist ein Prinz. Du musst den Tod meiner Schwester rächen und du musst den bösen Mann töten." Kleine Kinderhände legten sich auf Maximilians Schulter, beschwörend und verzweifelt zugleich. Aus den braunen Kulleraugen rollten Tränen.

„Ich … ich werde …" Weiter kam Maximilian nicht, denn Friedrich fiel ihm ins Wort: „Ihr müsst sofort aufbrechen. Ihr müsst vor ihm bei Hanna sein. Ich habe ihm einen Umweg beschrieben. Vielleicht merkt er es, vielleicht auch nicht. Ihr müsst schneller sein. Wenn ich jung genug wäre, dann wäre ich sofort losgeritten, aber ich bin nur ein alter Mann."

„Aber Ihr wisst, was Eure Schwester ist?", fragte Maximilian.

„Sie hat es mir gesagt." Friedrichs graue Augen verdunkelten sich. „Ich bin nicht glücklich darüber, aber sie ist meine kleine Schwester. Sie bedeutet mir viel, sehr viel." Sein Kopf senkte sich.

„Wisst Ihr etwas über Diana?" Maximilian witterte eine Chance. „Ist sie auch ein Sukkubus?"

„Das schöne blonde Mädchen?"

Der Prinz nickte.

„Ich weiß nichts von ihr. Gut möglich. Vielleicht aber auch nicht." Seine Schwester hatte ihm zwar gesagt, dass auch Diana ein Sukkubus sei, doch sicher war er sich nicht. Hanna hatte schon oft Dinge gesagt …

Beklemmendes Schweigen breitete sich in der Hütte aus. Maximilians Herz schlug zum Zerspringen schnell. Sehnsucht plagte ihn – und Angst.

„Ihr seid verliebt." Der alte Mann lächelte milde. „Wenn sie auch ein Sukkubus ist, dann wird diese Liebe unerfüllt bleiben. Sie wird ihren Weg gehen, auf ewig jung bleiben und mit unendlich vielen Männer schlafen, um sich von ihnen zu ernähren. Ihr, königliches Blut hin oder her, werdet alt werden, vielleicht auch krank, wie auch immer, der Tod wird Euch bevorstehen."

Eine eisige Hand legte sich um Maximilians Herz und drückte zu. Er konnte kaum atmen.

„Ich habe dir gesagt, du bist verrückt", sagte Thomas.

„Und wenn sie kein Sukkubus ist?" Die Stimme des Prinzen zitterte.

„Nun, dann findet Ihr vielleicht in ihr Eure Prinzessin."

„Dein Vater wird das niemals zulassen", meinte Thomas.

Maximilian stand schwankend auf. „Ich muss Gewissheit haben. Ich kann sie nicht vergessen."

Thomas stöhnte, und Friedrich lächelte erneut.

„Sagt mir, wie ich Eure Schwester finde."

Friedrich beschrieb ihm den Weg, und der Prinz versuchte, sich alles lückenlos einzuprägen.

Maximilian und Thomas waren fast schon an der Tür, als Friedrich ihm nachrief: „Junger Prinz, wartet!"

Der Angesprochene drehte sich um.

„Es gibt nur eine einzige große Liebe. Wenn es das Mädchen ist, dann bete ich für Euch, dass sie Euch genauso liebt. Denn auf dieser Welt gibt es nichts Mächtigeres als die wahre Liebe."

Maximilian lächelte dankbar. „Ich habe große Hoffnung, dass sie es tut."

13. Kapitel

*D*iana wollte eigentlich wach bleiben, nachdenken, aber die Aufregungen der letzten Nacht forderten ihren Tribut. Ihre Augenlider wurden immer schwerer, genauso ihr Kopf, der immer wieder zur Seite oder nach vorne rollte. Irgendwann konnte sie das Drängen ihres Körpers nicht mehr ignorieren und gab nach.

Sie tauchte ein in einen Traum. Zuerst war sie umgeben von Dunkelheit. Sie lag auf kaltem Steinboden wie ein Embryo, hörte das Blut in ihren Ohren rauschen, vernahm ihren unregelmäßigen Atem und spürte ihr pochendes Herz hart gegen die Brust schlagen.

„Rapunzel", flüsterte eine weibliche Stimme. Hanna. „Meine geliebte Rapunzel."

Wärme breitete sich über Diana aus. Fast so, als wäre sie von ihrer Ziehmutter in die Arme genommen worden, aber Hanna war nicht da. Niemand war da. Die Kälte wurde vertrieben, genauso die Dunkelheit. Nun sah Diana, wo sie sich befand. In einem runden Raum mit nur einem Fenster. Es gab ein Bett und einen Tisch mit Stuhl sowie eine Waschgelegenheit. Eine Tür war nicht vorhanden. Der Turm! Diana rannte zum Fenster. Lehnte sich hinaus und entdeckte, sehr zu ihrer Freude, den Prinzen.

„Rapunzel, Rapunzel, lass dein Haar herunter!", rief er voller Inbrunst.

Wie sie es schon so oft in ihrem Traum gemacht hatte, zog sie ihr Haar über die Schulter, sodass es über den Fenstersims hing.

„Rapunzel, Rapunzel, lass dein Haar herunter", wiederholte Maximilian.

Und wie in den anderen Träumen kletterte der Prinz flink zu ihr empor, nachdem ihr Haar auf wundersame Weise gewachsen war. Als er aber dieses Mal durch das Fenster kletterte, wusste sie seinen Namen und er den ihren.

„Diana", sagte er zärtlich und schloss sie in seine Arme, und sie hauchte seinen Namen in sein Ohr.

„Du hast mir gefehlt", gestand er ihr.

„Und du mir", erwiderte Diana.

„Ich möchte dich küssen." In seinen blauen Augen lagen Leidenschaft und Sehnsucht.

Diana spürte seine Lebensenergie, roch sein Begehren, die Süße seines Daseins und seiner Liebe zu ihr. Ihre Hände ruhten auf seiner Brust. Das Pochen seines Herzschlags spürte sie unter ihrer rechten Hand. Nie zuvor hatte sie in einem Traum ihre Sukkubuskräfte wahrgenommen. Nie war ihr bewusst gewesen, dass sie den pochenden Herzschlag verlangsamen und gar stilllegen konnte mit nur einem Kuss, einer Vereinigung.

„Wir dürfen uns nicht küssen", sagte sie leise. Tränen stiegen ihr in die Augen.

Maximilian legte seine Hände auf ihre Wangen. „Du musst es tun, Diana. Bitte. Ohne deinen Kuss werde ich verkümmern wie eine Pflanze ohne Wasser."

Sie schüttelte den Kopf. „Ich werde dich austrocknen wie die Sonne, und du wirst verkümmern. Maximilian, so sehr ich einen Kuss von dir wünsche. So sehr ich mir wünsche, deinen Körper nackt auf meinem zu spüren …"

Der Prinz küsste ihr die Tränen weg.

„Nehmen und geben", wisperte er zärtlich.

Jede Berührung seiner Lippen verursachte Diana ein Kribbeln auf der Haut. Das Verlangen, ihm die Kleider vom Leibe zu reißen, wurde unerträglich. Sie wollte ihn von sich stoßen, konnte es aber nicht. Stattdessen zog sie ihm das Hemd aus. Küsste seine Brust, seinen Bauch. Sie ging vor ihm auf die Knie und öffnete seine Hose. Da beugte Maximilian sich hinunter und ergriff sie sanft, aber dennoch bestimmt, an der Taille, zwang sie, aufzustehen. Ehe Diana sichs versah, presste er ihr seine Lippen auf den Mund. Ihre Zungen fanden sich zu einem Tanz. Umspielten einander neckisch und begehrlich. Maximilian drückte seine Hüfte gegen die ihre. Sie spürte die Härte seiner Männlichkeit. Keuchte auf. Schob die Hose über seine Hüfte, und er riss ihr Kleid auf, bis es einfach an ihr herunterfiel und sie nackt vor ihm stand. Er packte sie an der Taille und hob sie hoch. Diana schlang ihre Beine um ihn. Hitze strömte durch ihren Körper, als würde sie in Flammen stehen. Seine Haut auf ihrer zu spüren, war wundervoll, geradezu köstlich. Sie fühlte sich berauscht, und als er in sie eindrang, war es, als würde sie explodieren. Ihr Körper erbebte unter einem heftigen Orgasmus. Maximilian stöhnte. Diana krallte ihre Fingernägel in seinen Rücken. Ihre Beine umschlangen ihn, und dann begann die Energie zu fließen. Maximilians pulsierendes Leben strömte in sie hinein. Diana fühlte sich ekstatisch.

„Ich kann nichts mehr sehen", brachte der Prinz hervor. „Ich kann mich kaum noch auf den Beinen halten, dich halten …"

Da erwachte Diana aus ihrem tranceähnlichen Zustand und ließ von ihm ab. Auf wackligen Beinen kam sie zum Stehen, während der Prinz zu Boden sank, die Handballen gegen seine Augen gepresst, sie verzweifelt reibend, um wieder sehen zu können.

Diana ging auf die Knie, weinte um ihren Liebsten, um das, was sie ihm angetan hatte. „Es tut mir leid, es tut mir so leid."

Maximilian senkte seine Hände und ließ sich von Diana in den Arm nehmen. Ihre Tränen tropfen auf sein Gesicht, und plötzlich rief Maximilian: „Ich kann sehen."

Diana erwachte benommen. Einen Herzschlag lang wusste sie nicht, ob das Erlebte tatsächlich geschehen war. Sie blinzelte und erblickte Hanna, die mit dem Kopf ans Fenster der Kutsche gelehnt schlief. Diana sah hinaus und erkannte das kleine Dörfchen, das ihrem Haus am nächsten lag. Bald waren sie also wieder daheim. Sie sah dem Ziel mit gemischten Gefühlen entgegen. Sie liebte das Haus auf der Lichtung – nach der lauten, dicht bevölkerten Stadt umso mehr. Zeitgleich aber sehnte sie sich nach dem Prinzen, obwohl sie nach dem Traum nun erst recht wusste, dass sie ihn nicht wiedersehen durfte. Irgendwann würde sie ihn töten und nicht nur erblinden lassen wie im Traum. Auch würden ihn keine Tränen retten können. Tränen hatten auch Alexander nicht zurückgeholt.

Mit dem Gedanken an den jungen Mann wurde Diana bewusst, dass sie bald schon wieder töten musste, um nicht zu altern und zu sterben. Seufzend lehnte sie sich im Polster zurück und schloss die Augen. Vielleicht sollte sie einfach sterben. Es wäre so einfach ... zumindest in der Vorstellung.

Als die Kutsche später vor dem Haus vorfuhr, war Hanna längst wieder wach. Sie hatte mit Diana kein Wort mehr gewechselt. Vielmehr hatte sie mit düster zusammengezogenen Augenbrauen dagesessen und sinniert. Diana fragte sich, was im Kopf ihrer Ziehmutter vor sich ging. Eine Unruhe breitete sich in ihr aus, die sie nicht zu deuten vermochte.

Lasse trug ihren Koffer ins Zimmer. Hanna folgte ihnen. Als sie Lasse zurückhielt und ihm etwas zuflüsterte, nahm Diana in ihrem Magen ein hohles Gefühl wahr.

„Bist du sicher?", fragte Lasse zweifelnd.

Hanna nickte.

Lasse stellte den Koffer neben dem Schrank ab und ging.

„Was ist los?", verlangte Diana zu wissen.

„Setz dich!", forderte Hanna sie auf.

„Ich möchte stehen bleiben.“

Hanna seufzte. So wie sie früher manchmal geseufzt hatte, wenn Diana als Kind versuchte, ihren Willen durchzusetzen.

„Was in der Stadt passiert ist zwischen dir und dem Prinzen …“, setzte Hanna an.

Sie wurde wütend von Diana unterbrochen: „Keine Sorge, mir ist bewusst, dass ich ihn nicht wiedersehen kann. Das hast du mir klar und deutlich gesagt. Außerdem will ich ihn nicht töten.“ Diana biss die Zähne zusammen, um nicht in Tränen auszubrechen.

„Ach meine Kleine“, sagte Hanna und umarmte ihre Ziehtochter.

Diana ließ es zu, bis sie ein Hämmern vernahm. Sie erstarrte erst, entzog sich dann der Umarmung und drehte sich in die Richtung, aus der das Hämmern kam. Sie riss ihre Augen ungläubig auf. „Was soll das?“, rief sie aufgebracht und rannte zum Fenster.

Hanna packte sie am Handgelenk, um sie zurückzuhalten.

„Was soll das?“, schrie Diana erneut. Wutentbrannt starrte sie Hanna an.

„Es ist zu deiner eigenen Sicherheit“, erwiderte diese ruhig.

Diana drehte sich zum Fenster um. Lasse vernagelte es blitzschnell mit Brettern. Er ließ zwischen den jeweiligen Latten einen Spalt, damit die Sonne scheu ihre Strahlen hindurchschicken konnte.

„Bin ich nun eine Gefangene?“ Tränen traten Diana in die Augen.

„Vorerst, bis du dich beruhigt hast und den Prinzen vergisst.“

Diana lachte bitter auf. „Ich vergesse ihn doch nicht einfach, nur weil ihr mich in mein Zimmer sperrt! Ich habe dir bereits gesagt, dass ich nicht zu ihm gehen werde.“

„Ich traue dir nicht“, sagte Hanna. „Du bist verliebt. Verliebte machen dumme Sachen.“

Dianas Mund klappte auf, sie wollte irgendetwas entgegnen, fand aber keine passenden Worte.

14. Kapitel

Hanna war hungrig und aufgewühlt, als sie in den Stall ging, um Luzifer zu satteln. Diana einzusperren, war ihr nicht leichtgefallen, aber der Gedanke, ihre Rapunzel an diesen Prinzen zu verlieren, war ihr unerträglich. Wenn Diana sich auf ihn einließ, würde sie ihn irgendwann töten, und dann, dann würde auch sie sterben, davon war Hanna überzeugt. Das Mädchen war so sensibel, so voller Liebe. Zum ersten Mal fragte Hanna sich, ob es ein Fehler gewesen war, sie zu verwandeln. Die Frage schwebte jedoch nur wie ein flüchtiges Gas in ihrem Kopf und verschwand genauso schnell wieder.

Hanna streichelte die weiche Nase des Hengstes. Das Tier schnaubte zufrieden. Sie lächelte. Luzifer war acht Jahre alt, irgendwann würde er sterben, und auch Balthasar und irgendwann auch Lasse, obwohl dieser durch sein Dasein als Mannwolf bedeutend langsamer alterte als ein gewöhnlicher Mensch. Doch irgendwann würde er sterben, und dann hätte sie nur noch Diana. Die Unsterblichkeit war wundervoll, sinnierte Hanna mit einem Lächeln, und auch die Art und Weise, wie sie sich das Leben verlängern konnte. Sie liebte es, die jungen Männer zu verführen, mit ihnen zu schlafen und all ihre Energie in sich aufzunehmen. Sie wünschte sich, Diana würde es auch als Freude empfinden, diese Macht, diese Leidenschaft.

Sie zog Luzifer das Zaumzeug über und legte ihm den Sattel auf den Rücken. Gerade als sie dabei war, den Sattelgurt anzuziehen, betrat jemand den Stall. Das Knarzen des Tors verriet den Eindringling.

„Wohin gehst du?", fragte Lasse. Langsam kam er näher, bis das Licht der Petroleumlampe sein kantiges Gesicht beleuchtete. Am Kinn zeichnete sich der dunkle Schatten eines Bartes ab.

„Ich muss töten", erwiderte Hanna, drehte sich wieder dem Pferd zu und zurrte den Sattelgurt fester.

„Hanna ...", setzte Lassen sanft an, verstummte dann aber.

„Was?"

Er räusperte sich. Hanna drehte sich ihm wieder zu. Sie erkannte an der Art und Weise, wie er vor ihr stand – die Arme vor der Brust verschränkt, den Blick leicht gesenkt –, dass er nervös war.

„Ich kann so nicht weiterleben", stieß er aus. Jetzt sah er ihr direkt in die Augen.

Sie erkannte den Schmerz und die Leidenschaft. In gewisser Weise war er Diana nicht unähnlich. Beide waren sie weichherzig.

„Wie meinst du das?" Sie ahnte, was er meinte, aber sie wollte, dass er es aussprach. Er sollte beweisen, dass er etwas Mut und Schneid in sich trug. Damals, als sie ihn kennengelernt hatte, war er ihr verwegen vorgekommen, aber schnell hatte sich gezeigt, dass er es nicht war, zumindest nicht, was sie betraf. Er war mehr ein ruhiger Fels in der Brandung.

„Ich liebe dich, Hanna!", platzte es aus ihm heraus. „Ich will dich, aber du lässt mich nicht. Du lässt mich aber auch nicht gehen." Er rang die Hände.

„Du hättest immer gehen können", sagte Hanna sauertöpfisch.

„Als ich das erste Mal gehen wollte, hast du mich überredet, dir zu helfen, zu einem Kind zu kommen. Ich habe dir gern geholfen, diesen Wunsch zu erfüllen. Vielleicht auch, weil ich gehofft hatte, es würde dein Herz auftauen. Ich hatte geglaubt, Diana könnte uns richtig zusammenbringen."

„Lasse", sagte Hanna ohne Strenge in der Stimme. „Du wusstest von Anfang an, dass wir nie richtig zusammen sein können. Ich kann keinen Mann küssen oder mit ihm schlafen, ohne ihm die Energie zu entziehen. Ich wünschte, es wäre anders, aber es ist nun mal so."

Lasse schüttelte den Kopf. „Das glaube ich nicht."

„Wer von uns beiden ist der Sukkubus? Du oder ich?"

„Du hast es nicht einmal versucht!", warf Lasse ihr vor.

„Woher willst du das wissen?", rief Hanna wütend.

„Weil ich glaube, dass du viel zu gerne vögelst und tötest." Lasse stieß die Worte grollend aus.

„So hast du nicht mit mir zu reden!" Hanna ergriff die Zügel Luzifers, um ihn aus der Box zu führen.

„Wie lange willst du Diana einsperren?", verlangte Lasse zu wissen. Er folgte ihr nach draußen.

„So lange wie nötig."

„Sie wird dich dafür hassen."

Hanna schwang sich auf den Rücken des Hengstes. „Sie wird es irgendwann verstehen", sagte sie zuversichtlich.

„Wenn du meinst", murmelte Lasse mehr zu sich selbst.

„Ich werde bei Sonnenaufgang wieder zu Hause sein", sagte Hanna und fügte hinzu: „Ich wäre dankbar, wenn du bis dahin noch bleibst."

„Sicher", sagte Lasse.

Hanna stieß dem Pferd die Fersen in die Flanken. Im Trab ritt sie den Weg in den Wald hinein.

Bei dem Gedanken, dass Lasse weggehen würde, spürte sie einen Stich im Herzen, den sie jedoch auf die Gewohnheit schob. Er war schon so lange in ihrem Leben. Fast so lange wie ihr Lieblingssessel. In gewisser Weise war Lasse auch genauso wie ein Sessel. Bequem, nützlich, vertraut und berechenbar. Vielleicht würde er auch nicht weggehen. Vielleicht würde ihm der Mut dazu fehlen. Im Moment spielte es aber keine Rolle. Der Hunger in ihr wurde immer stärker. Das Verlangen nach einem Mann schier unerträglich.

Hanna ritt in das kleine Städtchen, das zwar in der Nähe lag, aber dennoch fast zu weit weg war, wenn der Hunger sie plagte. Sie nahm in einem Gasthof ein Zimmer für eine Nacht und stellte Luzifer in den Stall. Zielgerichtet lief Hanna durch die Gassen zu einem Freudenhaus, das ihr durch frühere Besuche bereits bekannt war. Es war eines jener Häuser, die sehr diskret waren, ohne Frauen, die davorstanden, um die Männer hereinzulocken. Hanna wusste, es gab einen vorderen Eingang, wo die Dirnen ein- und ausgingen, um zu zeigen, was die Männer erwartete, und einen Hintereingang für die Männer, durch den sie ungesehen das Bordell betreten konnten. Dank früherer Erfahrungen wusste Hanna, dass es immer wieder mal junge, unerfahrene Männer gab, die sich zierten, das Freudenhaus zu betreten, und genau auf so einen hatte sie es abgesehen. Sie liebte junge, unerfahrene Männer. Ihnen die Unschuld und gleichzeitig das Leben zu rauben, erregte sie auf eine besondere Art.

So hielt sie auch an diesem Abend Ausschau nach einem Opfer ihrer Begierde. Und sie musste gar nicht lange warten. Auf der gegenüberliegenden Straßenseite stand eines, beinahe noch ein Junge. Dunkelblondes, zerzaustes Haar. Offene blaue Augen und dazu ein linkischer jugendlicher Gang, dem etwas Charmantes anhaftete. Er tigerte unter einer Straßenlaterne auf und ab. Immer wieder warf er verstohlene Blicke zum Freudenhaus. Einmal blieb er stehen, streckte seinen Rücken durch und straffte die Schultern. Für einen kurzen Augenblick setzte er seinem Gesicht die Maske der Entschlossenheit auf, die aber innerhalb weniger Herzschläge aus seinem Antlitz gewischt wurde.

Hanna war angetan von seinem Erscheinen. Sein Gesicht mit den hohen Wangenknochen und den breiten Lippen war hübsch. Seine Figur sehr anziehend: breite Schultern und schmale Hüften. Sie leckte sich die Lippen, ehe sie auf ihn zuging.

„Entschuldigung", sagte sie in ihrem sanftesten Tonfall.

Der junge Mann drehte sich überrascht zu ihr um. Nun sah Hanna, dass er wirklich sehr jung war, vielleicht gerade mal achtzehn, wenn überhaupt.

„Die Dame." Er verneigte sich etwas unbeholfen, was zu seiner Kleidung passte. Er war kein reicher Junge, aber auch kein armer.

„Ich Dummerchen habe mich verlaufen und finde den Weg zur Gaststube nicht mehr."

Der junge Mann lächelte nachsichtig. „Wo wollt Ihr hin?"

„Zum *Goldenen Schwan*", erwiderte Hanna und lächelte entwaffnend.

„Ich führe Euch hin", bot er sofort an.

„Das ist sehr nett von Euch. Wie lautet Euer werter Name?"

„Nennt mich Simon, gnädige Frau. Ich bin keines hohen Standes."

„Aber dafür ein Kavalier", flötete sie. „Ich bestehe darauf, dass du mich Hanna nennst."

Simon blickte sie verlegen an. „Das kann ich doch nicht."

„Doch, ich wäre beleidigt, wenn nicht." Hanna machte einen Schmollmund, der den jungen Mann erröten ließ.

Eine Weile gingen sie schweigend nebeneinander her. Bis Simon bemerkte: „Eine Frau wie Ihr ... äh ... wie du sollte nachts nicht alleine unterwegs sein. Wir sind in keiner großen Stadt, aber trotzdem gibt es hier Gesindel."

„Das sollte ich wohl wirklich nicht", sagte Hanna lächelnd. „Aber andererseits hätte ich dann dich nicht getroffen."

„Ach ..." Mehr sagte er nicht.

Hanna überlegte, ob sie ihn einfach in die nächste dunkle Gasse zerren sollte. Er war auf eine unschuldige Art und Weise verführerisch, ohne dass er sich dessen bewusst war.

„Wolltest du ins Freudenhaus?", fragte sie in einem beiläufigen Tonfall.

Simon, die Hände in den Hosentaschen, richtete zerknirscht seinen Blick auf seine Füße.

„Entschuldige, ich bin zu oft zu neugierig. Besonders, wenn ein gut aussehender junger Mann wie du vor einem Bordell steht."

Simon räusperte sich. „Die Frauen suchen einen reichen Mann, keinen wie mich."

„Hättest du denn genug Geld für die Frauen im Freudenhaus gehabt?", hakte Hanna nach.

„Keine Ahnung." Simon zog aus seiner Hosentasche ein paar Münzen.

Hanna warf einen Blick darauf. „Für Beischlaf hätte es nicht gereicht. Dafür hätte dir eine Dirne höchstens den Schwanz gelutscht."

Offensichtlich schockiert über ihre freimütige Äußerung blieb Simon stehen.

Hanna lachte auf. „Schau mich nicht so entsetzt an. Ich bin zwar eine respektable Frau, äußerlich durch und durch anständig, aber tief hier drinnen", sie legte ihre Hand auf ihren Brustansatz, „bin ich es nicht. Ich bin ziemlich verdorben, ehrlich gesagt."

Simons Gesichtsausdruck wechselte von einem zunächst entsetzten zu einem verwunderten und schließlich zu einem anerkennenden. „In deinen Augen brennt ein leidenschaftliches Feuer", stellte er fest. „Die Mädchen, die sich für mich interessiert haben, denen fehlte dieses Feuer. Von Freunden weiß ich, dass sie gute Ehefrauen abgeben, aber schlechte Gespielinnen im Bett sind."

Hanna trat dicht an Simon heran. Er war etwas größer als sie, nicht viel jedoch, sodass ihr Gesicht so gut wie auf gleicher Höhe wie seines war. Als sie sprach, waren ihre Lippen den seinen bedrohlich nahe. „Ist es das, was du suchst, eine Gespielin? Etwas, ohne dich binden zu müssen?"

„Ja", hauchte Simon.

„Eine Frau, die sich getraut, einen Mann anzufassen? Und das überall?"

Simon nickte.

„Vielleicht auch eine Frau, die schon etwas erfahrener ist als die jungen Dinger, die sich für dich interessieren?" Hannas Lippen streiften beim Reden Simons. Ein wohliger Schauer jagte seinen Rücken hinunter. Sie ließ nur mit ihren Worten seinen Penis hart werden.

„Ja", krächzte er und presste seine Lippen auf die ihren und zog sie in eine Gasse hinein.

Hannas Herz schlug entzückt höher. Der Junge war bei Weitem nicht so unschuldig, wie er aussah. Er ergriff sie bei den Oberarmen und drückte sie mit dem Rücken gegen eine Wand. Seine Küsse waren sehnsüchtig fordernd. Hanna spürte seine pulsierende Energie, freute sich darauf, sie in sich aufzunehmen. Ihre Hände wanderten zu seiner Hose hinab. Durch den Stoff hindurch rieb sie seine Erektion, was ihn aufkeuchen ließ.

„Hast du dir das so vorgestellt?", fragte sie und ging vor ihm auf die Knie. Als sie sein großes, hartes Glied in den Mund nahm, flüsterte Simon: „Das. Ist. Besser. Als. Vorgestellt."

Hannas Lippen verzogen sich zu einem Lächeln, während sie mit ihrer Zunge seine Eichel leckte. Ein salziger Geschmack breitete sich in ihrem Mund aus.

Simons Körper schauderte, als sie seinen Schwanz bis zum Anschlag in den Mund nahm. „Komm hoch zu mir", keuchte er. Seine Hände berührten ihre Schultern.

Sie folgte seiner Aufforderung. Fahrig streifte er ihr eine Seite des Kleides hinunter, sodass ihre Brust frei lag. Seine linke Hand schloss sich darum, während er Hanna küsste. Schließlich raffte er ihren Rock hoch und stellte erfreut fest: „Du trägst nichts darunter."

„Du hast vergessen zu fragen, warum ich mich vor dem Bordell aufgehalten habe." Sie zwinkerte ihm zu, als er zu ihr hochsah.

Simon lächelte, bevor er unter ihrem Rock verschwand.

Hanna lehnte sich an die Wand und atmete laut aus, als seine Zunge das weiche Fleisch zwischen ihren Beinen berührte. Geschickt ließ er sie kreisen, wandern, und gab an den richtigen Stellen Druck.

Oh, das macht er gut, dachte Hanna entzückt. *Ein Naturtalent. Ich sollte ihn* … Weiter kam sie nicht, denn Simon stieß zwei, vielleicht auch drei Finger in sie hinein, während seine Zunge ihre Klitoris leckte.

Genüsslich schloss Hanna ihre Augen. Sie stöhnte.

O Gott, gleich komme ich, dachte sie. Und genau in diesem Moment hörte Simon auf.

„Nein, das kannst du nicht machen", sagt sie sanft und zog den jungen Mann dicht an sich heran. „Spürst du, wie mein Herz schlägt?" Sie nahm seine Hand und presste sie auf ihren wogenden Busen. „Du kannst nicht einfach aufhören."

Simon lächelte schelmisch. Er raffte ihre Röcke hoch. Dann packte er sie und presste sie gegen die Mauer. Hanna schlang ihre Beine um ihn. Sein hartes Glied bohrte sich in sie hinein. Füllte sie aus. Die lustvolle Energie stieg ins Unermessliche mit jedem Stoß, den er machte. Er keuchte und stöhnte abwechselnd mit Hanna.

„Ich … ich komme", stieß er hervor.

Hanna drückte ihren Mund hart auf seine Lippen, als sein Samen aus ihm herausgepumpt wurde. Sie krallte ihre Hände in seine Schultern. Und während sie noch dachte, wie schade es um dieses Prachtexemplar war, entzog sie ihm seine ganze Lebensenergie. Bis von dem jungen Mann nichts weiter als ein Häufchen Asche übrig blieb.

Hanna zupfte ihren Rock zurecht. Warme Körpersäfte flossen an ihren Beinen hinab. Sie störte sich daran nicht, im Gegenteil.

Eine salzige Erinnerung, die zu einer weißlichen Kruste werden und die sie später abwaschen würde.

15. Kapitel

Diana saß in ihrem Bett, den Rücken an die Wand gelehnt, und blickte zu dem vernagelten Fenster. Sie kaute nachdenklich auf ihrer Unterlippe. Sie hatte schon gegen die Bretter geschlagen – ohne Erfolg. Vielleicht gab es noch eine andere Möglichkeit. Aber welche? Gerade als sie aufstehen wollte, klopfte es an der Tür, bevor Lasse aufschloss und eintrat.

„Willst du einen Tee?", fragte er.

Überrascht blinzelte Diana ihn an. Sie witterte aber sofort eine Chance, in der Küche allenfalls ein Hilfsmittel zu finden für ihre Flucht. Also antwortete sie ihm auf die Frage mit einem Ja.

Wenig später saß sie Lasse gegenüber am Esstisch in der Küche mit einem dampfenden Becher Minztee. Lasse selbst nippte bereits an seinem, obwohl er noch sehr heiß war.

„Wo ist Hanna?", fragte Diana.

„Sie sucht sich einen Mann", erwiderte Lasse und stellte den Becher vor sich hin.

Diana presste ihre Lippen zusammen. Bald würde auch sie wieder Hunger haben. Der Gedanke erfüllte sie mit Angst.

„Lasse", setzte sie zaghaft an.

Ihr Gegenüber sah sie aufmunternd an.

„Gibt es einen Weg, wieder ein Mensch zu werden?"

„Ich wüsste keinen", antwortete er ihr, und Diana glaubte ihm.

„Obwohl ich auch schon nach einem Weg gesucht habe", gestand er ihr.

Dianas Herz machte einen Sprung. „Wegen Hanna?"

Lasse nickte.

„Sie … sie bedeutet dir viel, nicht wahr?"

„Ich liebe sie", gab Lasse zu und bestätigte damit, was Diana schon lange geahnt hatte.

„Liebt sie dich auch?", fragte sie leise. Sie blickte in den Becher, konnte sich nicht erinnern, jemals solch eine Unterhaltung mit Lasse geführt zu haben. Plötzlich wurde ihr schmerzlich bewusst, wie sehr sie ihn vermissen würde.

Er seufzte schwer. „Nein."

„Bist du sicher?" Diana schaute auf. In Lasses Augen sah sie so viel Schmerz und Traurigkeit, wie sie selbst fühlte. Ihr Herz zog sich teilnahmsvoll zusammen.

„Ja, absolut. Deshalb habe ich einen Entschluss gefasst, der schon längst überfällig war." Er hielt inne.

Diana klammerte sich an die Tischkante. Ihr Puls beschleunigte sich. „Du verlässt uns", stieß sie heiser aus. Tränen traten ihr in die Augen.

„Ja."

„Bitte, geh nicht!" Diana biss sich beschämt auf die Unterlippe, als ihr klar wurde, wie selbstsüchtig ihre Worte waren. „Nein, hör nicht auf mich. Geh. Ich würde es ja auch tun, wenn ich könnte."

„Du kannst", eröffnete Lasse.

„Was?" Diana glaubte, sich verhört zu haben.

„Ich werde dich nicht wieder in dem Zimmer einsperren. Hier." Lasse legte einen Beutel mit Münzen auf den Tisch. „Das sollte dir helfen, eine Weile auszukommen."

„Das … das kann ich nicht annehmen", meinte Diana.

„Es ist mein Abschiedsgeschenk", sagte Lasse und schob ihr den Beutel zu. „Bitte, nimm ihn an dich."

Gerührt nahm Diana das Geld entgegen. „Danke."

Lasse winkte ab. „Vielleicht findest du den Prinzen, und wer weiß, möglicherweise findet er einen Weg, dir zu helfen. Ich glaube, er liebt dich sehr."

„Und ich liebe ihn", sagte Diana sanft. Sie stand auf, um ihn zu umarmen. „Und dich liebe ich auch. Du wirst mir sehr fehlen."

„Du mir auch, kleine Rapunzel." Er schloss sie in seine starken Arme. Schon lange hatte er sie nicht mehr so genannt. Sie fühlte sich in ihre Kindheit zurückversetzt. Eine Zeit, in der ihr die kleine Welt hier im Wald so perfekt erschienen war. Eine Welt, in der sie geglaubt hatte, Lasse sei ihr Vater und Hanna ihre Mutter. Sie sagte es ihm.

„Ich wünschte, es wäre so", sagte Lasse mit einem Lächeln und mit Tränen in den Augen, die er sehr schnell wegblinzelte, die aber Diana nicht entgingen.

„Weißt du, wer meine wirkliche Mutter war?", fragte Diana. Lasse nickte.

„Wie war sie? Wie hieß sie?"

„Rosmarie. Sie war eine sehr hübsche und freundliche Frau, die in den falschen Mann verliebt war."

„Wieso?", fragte Diana neugierig und setzte sich neben Lasse auf die Bank.

„Er war verlobt, aber deine Mutter war völlig vernarrt in ihn. Sie wollte ihn um jeden Preis. Hanna half ihr, mit ihm zusammenzukommen. Als Preis verlangte sie ihr erstgeborenes Kind."

Diana schlug die Hände vor den Mund. Tränen rollten über ihre Wangen. Hanna hatte also die Wahrheit gesagt.

„Und mein Vater?"

„Georg glaubt, dass du bei der Geburt gestorben bist."

„Wie schrecklich", sagte Diana heiser.

„Sie hat nach dir noch ein Kind bekommen", erzählte Lasse.

„Ist sie wirklich tot? Hanna sagte, sie lebt nicht mehr. Auch mein Vater nicht."

„Rosmarie ist tot", bestätigte Lasse. „Dein Vater ist am Leben. Er hat wieder geheiratet und mit seiner zweiten Frau vier weitere Kinder gezeugt."

„Wo lebt er?" Diana verkrampfte die Hände im Schoß.

Lasse beschrieb ihr das Haus und wo sie es in der Stadt finden würde. „Willst du zu ihm gehen?", fragte er.

Diana zuckte mit den Schultern. „Würde er denn glauben, dass ich seine Tochter bin?"

„Du hast seine blauen Augen, und ansonsten bist du Rosmaries Ebenbild. Allerdings ist es schwer zu sagen, wie er reagieren wird."

„Ja …" Diana senkte den Blick auf ihre Hände. Wenn sie ehrlich war, hätte sie viel lieber ihre Mutter getroffen, um sie zu fragen, ob sie je an sie gedacht hatte. Auch an diesem Gedanken ließ sie Lasse teilhaben.

„Sie hat dich nicht vergessen, dessen bin ich sicher", meinte Lasse.

„Woher willst du das wissen?"

„Nun, es hieß, sie habe sich umgebracht, weil sie den Tod ihres Erstgeborenen nie überwunden habe."

Eisige Kälte jagte Dianas Rücken hinunter.

„Rosmarie musste Georg sagen, dass du gestorben seist bei der Geburt", erklärte er überflüssigerweise.

„Sie hat mich vermisst", flüsterte Diana mehr zu sich selbst.

Lasse nickte. „Eine Mutter vergisst ihr Kind nie."

Diana presste ihre Lippen fest aufeinander und verschränkte die Arme vor der Brust, als würde sie frösteln. „Ich habe mich nie für sie interessiert, und jetzt, wo du bestätigst, dass sie tot ist …" Diana brach ab. Sie kam sich vor wie ein schlechter Mensch.

Lasse legte ihr einen Arm um die Schulter. „Weißt du, ich bin bei meinen Eltern aufgewachsen und habe auch einen Bruder, aber wir waren keine glückliche Familie, obwohl wir viel Geld hatten und genügend zu essen." Sein Blick war entrückt. Diana wartete gespannt. Noch nie hatte Lasse von seiner Familie erzählt. „Aber mein Vater war ein schwieriger Mensch, cholerisch, er verprügelte mich und meinen Bruder oft, manchmal auch unsere Mutter. Mein Bruder war mir nicht sehr ähnlich. Er suchte Halt in der Kirche, meine Mutter hingegen hoffte, dass mein Vater eines Tages nicht mehr nach Hause kommen würde, und ich? Ich war einfach nur wütend, fraß aber alles in mich hinein. Mein Vater war kein Mannwolf, weißt du, aber meine Mutter. Er wusste es nicht, als er sie geheiratet hat, erst als mein Bruder sich zum ersten Mal verwandelte, musste sie es ihm sagen."

„Er war sicherlich sehr wütend."

„O ja", bestätigte Lasse. „Er war außer sich. Für meine Mutter wäre es ein Leichtes gewesen, sich gegen ihn zu wehren, aber sie hat es nie getan. Irgendwann wurde ihm sein zorniges Naturell zum Verhängnis. In einer Gaststube geriet er in eine Schlägerei und starb. Es war das Beste, was uns passieren konnte. Danach lebten wir in Frieden miteinander, wenn auch jeder für sich." Lasse küsste Diana auf den Scheitel. „Was ich eigentlich damit sagen will: Viel wichtiger ist es, unter Menschen zu sein, die einen wirklich lieben, und für die Liebe braucht es keine Blutlinie."

Tränen der Rührung traten Diana in die Augen.

„Ich liebe dich, und deswegen lasse ich dich gehen. Denn das ist es, was wahre Liebe ausmacht. Das Loslassen, das Glück des anderen. Nimm Balthasar, geh hinaus in die Welt, finde, was du suchst, finde die Liebe."

„Lasse, danke für alles." Sie umarmte ihn und drückte ihm einen Kuss auf die Wange. „Ich liebe dich auch. Ich hoffe, du findest, was du suchst."

„Ach", seufzte Lasse.

Diana trank langsam ihren Tee aus. Es fiel ihr schwer zu gehen. Sie hatte Angst. Hier war ihr Zuhause – egal, was geschehen war.

Lasse schien sie zu durchschauen, denn er sagte mit warmer, aufmunternder Stimme: „Du schaffst das, Diana. Du wirst dich da draußen behaupten können."

„Könnten wir uns nicht auch gemeinsam auf den Weg machen?", fragte sie zaghaft.

Lasse schüttelte sachte den Kopf. „Es ist Zeit, flügge zu werden. Für uns beide."

Diana presste die Lippen zusammen und nickte.

Für einige Herzschläge senkte sich Stille über die beiden. Diana starrte den Beutel mit dem Geld an, nahm ihn aber nicht wirklich wahr. Sie dachte an die Träume, die sie von Maximilian gehabt hatte.

„Lasse", brach sie nach einer Weile das Schweigen. „Wie kann es sein, dass ich von Maximilian geträumt habe?"

Der Angesprochene hob fragend die Brauen in die Höhe. Diana erzählte ihm von ihren Träumen, bevor sie den Prinzen wiedergetroffen hatte, und auch von dem Traum mit dem Turm.

Lasse hörte ihr aufmerksam zu.

„Ist das so etwas wie eine Gabe von Sukkuben?", beendete Diana ihre Ausführung.

„Ich glaube, es ist eine Gabe, die in jedem Menschen steckt", meinte Lasse. „Ein Freund in Kindertagen hat einmal geträumt, sein Onkel sei gestorben, und eine Woche später starb dieser wirklich. Ich habe einmal von einem riesigen Kreuz aus Gold geträumt, das auf mich hinuntergefallen ist, und weißt du, was das bedeutete?"

Diana schüttelte den Kopf.

„So habe ich mich gefühlt, als mir mein Bruder mit seinem dämlichen Kreuz um den Hals ins Gesicht sagte, er hasse mich und ich sei eine Kreatur des Teufels."

„Wie schrecklich!", rief Diana mitfühlend aus. „Aber ist oder war er nicht auch ein Mannwolf?" Sie war sich nicht sicher, ob

Lasses Bruder noch lebte. Aus seinen Worten war das nicht klar herauszuhören gewesen.

„Er hat allen Grund, mich zu hassen", räumte Lasse ein. „Aber du hast recht. Auch er ist ein Mannwolf, doch leugnet er sein wahres Ich."

Diana wurde noch mehr bewusst, wie wenig sie von den beiden Menschen wusste, die sie großgezogen hatten. Sie wünschte sich, Lasse und Hanna wären ehrlicher zu ihr gewesen. Diana war sich sicher, es hätte einiges leichter gemacht.

„Ich glaube", riss Lasse sie aus ihren Gedanken, „dass ein Band zwischen dir und dem Prinzen entstanden ist, als ihr euch damals zum ersten Mal im Wald begegnet seid. Das ist etwas Außergewöhnliches. Ich bin nicht so gläubig wie mein Bruder, aber ich glaube, dass in jedem von uns besondere Kräfte stecken, und unter besonderen Umständen werden diese verstärkt."

Nachdenklich drehte Diana eine Haarsträhne auf ihrem Finger auf. Möglicherweise hatte Lasse gar nicht so unrecht. Damals, als sie Maximilian im Wald begegnete, hatte sie gespürt, dass er etwas Besonderes war und sie sich ihm verbunden fühlte.

„Du solltest aufbrechen", meinte Lasse und erhob sich.

„Und du?"

„Ich werde auch gehen, sobald ich hier alles erledigt habe."

16. Kapitel

„Ich sollte dir in deinen königlichen Allerwertesten treten", stieß Thomas wütend aus. Er saß, die Arme auf die Oberschenkel gestützt, auf einem der zwei Betten in dem Zimmer, das sie sich in einem kleinen Gasthof genommen hatten. „Und wenn dein Vater davon wüsste, dann würde er dir ebenfalls in den Hintern treten, und deine Mut…"

„Ja, ja, die würde mir auch in den Hintern treten wollen", fiel Maximilian seinem Freund ins Wort. Er hatte sich, genauso wie sein Freund, auf dem Weg in das Dorf von der Kutte getrennt. Sie beide trugen jetzt wieder gewöhnliche Kleidung. Maximilian hatte sich noch beim Schmied im Dorf ein Schwert gekauft. Es lag ganz gut in der Hand, und er hoffte, trotz blauem Auge und Schmerzen im rechten Bein, damit kämpfen zu können, falls er es musste. Noch immer hoffte er aber, dass er schneller als Melech war.

Thomas schüttelte enerviert den Kopf. „Ich wollte sagen, sie würde in Tränen ausbrechen."

„Und wieso, bitte schön?"

„Weil du in dein Verderben rennst. Entweder bringt dich Melech um oder Diana."

„Melech ist vielleicht noch nicht da, und Diana würde mir nie etwas tun. Außerdem ist nicht gesagt, dass sie ein Sukkubus ist."

„Ich bitte dich!" Thomas stand in einer fließenden Bewegung auf. „Wie wahrscheinlich ist das? Maximilian, du warst schon immer ein Meister darin, Dinge schönzureden."

Der Prinz zurrte seinen Schwertgürtel fest. Er mochte Thomas, sehr sogar, aber zuweilen hasste er es, wie direkt er war.

„Jahrelang hast du dir eingeredet, dein Vater würde sich für Hendrik als Thronfolger entscheiden, und es ist nicht geschehen. Als kleiner Junge wolltest du fliegen wie ein Vogel und hast allerlei Dinge gebastelt, die dir dabei helfen sollten …"

„Du hast mich immer unterstützt", warf Maximilian lachend ein. Er erinnerte sich daran, wie er zusammen mit Thomas aus Stöcken und Leinentuch Flügel gebaut hatte.

„Ich habe dich aber stets zuvor gewarnt, auch jetzt", erinnerte Thomas ihn.

Maximilian nickte. Ja, so war es immer gewesen. Thomas, die Stimme der Vernunft, der ihn aber niemals im Stich gelassen hatte.

„Lass mich mit dir kommen. Du siehst auf dem rechten Auge kaum etwas und humpelst", sagte sein Freund.

„Ich schaff das alleine. Außerdem brauche ich jemanden, der meinem Vater erzählt, was geschehen ist, wenn ich nicht mehr zurückkehre."

„Dein Vater wird mich köpfen, wenn ich ohne dich nach Hause komme."

„So grausam ist er nicht", meinte Maximilian.

„Da wäre ich mir nicht so sicher." Thomas machte ein unglückliches Gesicht, während er sich mit einer Hand durch das blonde Haar fuhr. „Darf ich dich daran erinnern, wie einfach dich Melech verprügelt hat?"

Maximilians Brauen zogen sich ärgerlich zusammen. „Ich hatte nicht damit gerechnet. Außerdem habe ich jetzt ein Schwert und er nur seinen blöden Dolch."

Thomas seufzte. „Du bist ein sturer Bock."

Maximilian klopfte seinem Freund grinsend auf die Schultern. „Bis bald."

Dianas Herz schlug so schnell wie die Flügel eines Kolibris. Sie atmete flach. Die Zügel hielt sie fest umklammert, sodass das Weiße an den Knöcheln hervortrat. Überall sah sie Schatten und glühende Augen, die sie zu beobachten und verfolgen schienen. Immer wieder brachen Äste in der Nähe und ließen sie zusammenzucken. Es gab Wölfe und Bären im Wald, das hatte Hanna ihr einst erzählt. Vielleicht nur, um ihr Angst einzujagen. Vielleicht aber auch, weil sie wirklich da draußen waren. Ihre Unruhe übertrug sich auf Balthasar, der immer wieder an den Zügeln zog und versuchte, in Galopp zu verfallen.

„Schhhh, ruhig, Junge", flüsterte sie. Ihre zittrige Stimme strafte ihre Worte Lügen. Und als sie wieder ein Knacken im Geäst hörte, als würde jemand durch die Sträucher laufen, fühlte es sich an, als würde ihr Herz in der Brust zerspringen. Sie ließ die Zügel nur für einen Augenblick lockerer, sofort brach das Pferd aus. Diana verlor den Halt und fiel mit einem spitzen Schrei hinunter. Sie versuchte, sich instinktiv zusammenzurollen, trotzdem landete sie hart auf dem Boden. Sämtliche Luft wurde aus ihren Lungen gedrückt. In ihrem Kopf schienen Sterne zu explodieren. Schwärze umfing sie.

„Wach auf, kleines, süßes Mädchen."

Die Stimme drang wie durch Watte zu ihr hindurch. Sie klang wie Lasses, aber nicht ganz so tief. Außerdem hätte ihr Ziehvater sie nie so genannt.

„Schlafen", nuschelte Diana.

„Nein, du musst aufwachen. Du bist vom Pferd gestürzt. Schau mich an." Eine kühle Hand tätschelte ihre Wange, erst sanft, dann kräftiger.

„Autsch!" Mit einem Ruck setzte Diana sich auf. Sie sah einen Mann vor sich, dunkles, langes Haar, schmales Gesicht, sie sah Bäume, ein Pferd oder vielleicht auch zwei, sie war sich nicht sicher, und dann wieder Schwärze. Sie kniff die Augen fest zusammen, atmete tief ein und aus, bis der Schwindel verschwand.

„Ein junges Ding wie du sollte nicht alleine unterwegs sein zu solch später Stunde", sagte der Mann tadelnd, aber ohne Ernst in seiner Stimme.

„Wo ist mein Pferd?"

„Ich habe es eingefangen. Es ist mir entgegengekommen." Er deutete mit dem Daumen hinter sich. Diana sah den Hengst und fühlte etwas Erleichterung. Aber eben nur etwas. Der Mann vor ihr verursachte ihr eine Gänsehaut. Seine blauen Augen musterten sie eingehend. Sie strahlten die Kälte einer Winternacht aus.

„Ich muss weiter." Schwankend erhob sich Diana.

Der Mann sprang auf, um sie zu stützen.

„Du solltest nirgends mehr hin. Ich bring dich nach Hause, wenn du willst."

Diana entzog sich seinem Griff. „Das ist nicht nötig." Sie wollte schon zu Balthasar, als der Mann sie grob am Arm packte und zurückhielt.

„Du wirst hierbleiben, kleiner Sukkubus, verstanden!" Er hielt ihr einen Dolch unters Kinn.

Panik erfasste Diana. Sie fühlte sich hilflos, dem kalten Stahl des Unbekannten ausgeliefert. Er wusste, was sie war! Ihr Herz pochte wild, und ihr wurde abwechselnd heiß und kalt.

„Schau nicht so erstaunt. Hat deine Schöpferin dich nicht vor mir gewarnt?"

„Der Acranum-Orden", hauchte Diana erschrocken. Ihre Beine gaben nach.

„Richtig."

Der Dolch bohrte sich ein Stückchen in Dianas Kinn, als sie nach unten sackte. Blutstropfen quollen aus der Wunde. Sie biss die Zähne zusammen. Sie durfte sich auf keinen Fall bewegen, oder der Fremde würde sie aufspießen!

„Die Klinge an deinem Hals kann dich töten und wird dich töten, wenn du auch nur eine falsche Bewegung machst. Sie wurde höchstpersönlich von dem *Namenlosen Heiligen* geschmiedet", erzählte ihr der Kirchenmann. „Vielleicht hast du schon von ihm gehört?"

„Nein", flüsterte sie.

„Nun, der *Namenlose Heilige* wurde von Gott berufen, den Kampf gegen das Böse in dieser Welt aufzunehmen. Zu diesem Zweck gab er sein altes Leben als reicher Lebemann auf, verließ seine Familie und legte deren Namen ab. Viele nannten ihn damals *den Verrückten* oder einfach *den Niemand*. Angeblich war er auf den Berg der Weisheit gestiegen und hat dort Gott gebeten, er solle ihm eine Waffe schenken, um gegen die dunklen Mächte zu kämpfen. Gott soll ihm geantwortet haben: *Schmiede die schönste Waffe, die es gibt, und ich werde sie segnen, sodass ihre Klinge unzerbrechlich ist und im Kampf gegen die Dunkelheit standhält.* Nachdem er die Waffe geschmiedet hatte, rief er den Acranum-Orden ins Leben. Ihm dienen Männer wie ich, um Wesen wie dich zu töten und die Menschen vor euch zu schützen."

Diana wollte nicht weinen, nicht vor diesem bösartigen Mann, der sich als Retter der Menschen sah. Sie blinzelte gegen die aufsteigenden Tränen an. Trotzig sagte sie: „Ich habe mir dieses Leben nicht ausgesucht. Es macht mir keine Freude, Männer zu töten. Wenn ich einen Weg wüsste, wieder ein Mensch zu werden, dann würde ich es sofort tun."

Dass sie es während der Taten genossen hatte und nicht daran dachte, was geschehen würde, verschwieg sie. Genauso den Umstand, dass die Lebensenergie der Männer sich wundervoll anfühlte, wenn sie durch ihren Körper strömte.

„Du hast deine Seele dem Teufel verkauft für das ewige Leben", zischte der Mann der Kirche. „Wenn du es wirklich so hasst, wie du sagst, dann werde ich dir einen Gefallen tun, wenn ich dich töte."

Diana biss sich auf die Unterlippe. Ihr Puls raste, ihre Gedanken überschlugen sich, und dann spürte sie etwas, was sie auf eine Idee brachte. War es für einen Sukkubus nicht einfacher als für eine gewöhnliche Frau, einen Mann zu verführen? Sofern es sich nicht um einen weiteren Dolch handelte, den der Ordensmann gegen ihr Gesäß drückte, dann war auch er nicht immun gegen die Kraft des Fluches und ihre Schönheit. Diese Erkenntnis schenkte ihr Mut und Kraft.

„Wie heißt Ihr? Wenn Ihr mich schon töten wollt, dann wäre es nur fair, wenn ich Euren Namen wüsste und Euch ins Gesicht blicken kann, es sei denn, Ihr seid zu feige ..."

Der Kirchenmann ließ ein heiseres Lachen erklingen. „Ich bin nicht feige. Man kann mir vieles unterstellen, aber Feigheit gehört sicherlich nicht dazu."

Der Druck der Klinge verschwand. „Dreh dich um!", wies er sie an.

Der Mond erhellte sein schmales Gesicht, die Schatten des Waldes zeichneten es noch kantiger. Die Waffe in seiner Hand war ein wunderschöner Dolch. Besetzt mit kostbaren Steinen. Die Klinge funkelte scharf.

Ein Knoten bildete sich in Dianas Hals. Ihre Handflächen waren feucht vor Angst und Aufregung.

„Wie ist Euer Name?", fragte sie heiser.

„Melech."

Sie nickte, dann neigte sie den Kopf leicht zur Seite und versuchte sich in einem Lächeln. „Du fragst gar nicht nach meinem Namen?" Diana fuhr sich sachte mit der Hand durchs Haar.

„Es spielt keine Rolle, wie du heißt", erwiderte er mit einem Grinsen. Er platzierte den Dolch wieder an ihrer Kehle.

Diana hielt den Atem an. Für einen Moment war sie wie gelähmt. Melech bewegte die Klinge langsam nach unten, ohne ihre

Haut zu verletzen. Es war wie eine perverse Art der Liebkosung, als er den kühlen Stahl hinab zu ihrem Schlüsselbein gleiten und schließlich zwischen ihren Brüsten, genau über ihrem Herzen, innehalten ließ.

„Süßes, böses Mädchen", säuselte er, während er einen nicht allzu tiefen Schnitt über ihrer rechten Brust machte, der jedoch heftig genug war, dass er blutete.

Diana stieß einen Schrei aus. Sie musste handeln! Sie benetzte ihre spröden Lippen mit der Zunge, ehe sie mit sanfter, aber verführerischer Stimme fragte: „Findest du mich schön?"

„Du bist außerordentlich schön, aber das sind alle Sukkuben", erwiderte Melech in einem beiläufigen Tonfall. Diana konnte jedoch an der Ausbeulung seiner Hose sehen, dass sie ihm sehr gut gefiel. Sie musste das ausnutzen, so sehr es ihr auch widerstrebte. Die Lust war ihre einzige Waffe. Sie musste sie schüren. Also griff sie nach der Hand, die nicht den Dolch hielt, und legte sie sich auf die wohlgeformte Brust. Sie war kalt, wie die Seele des Mannes. Die Berührung verursachte ihr eine Gänsehaut der Abneigung.

Melech keuchte auf. Seine Hand blieb auf ihrer Brust still liegen, aber nur für einen Moment, dann begann er sie zu kneten. Diana fühlte sich dadurch ermutigt und fasste in seinen Schritt, wo sein Schwanz sofort reagierte, indem er weiter anschwoll.

„Soll ich ihn in den Mund nehmen?", fragte sie und sah zu dem Kirchenmann auf, während sie ihn mit einer Hand durch die Hose hindurch bearbeitete und mit der anderen versuchte, diese zu öffnen.

Melech stöhnte, dann befahl er ihr, ohne auf ihre Frage einzugehen: „Ich will, dass du die Hose öffnest und ihn in die Hand nimmst."

Diana gehorchte. Um ihn töten zu können, musste sie ihn jedoch in sich aufnehmen oder ihn küssen. Sie hoffte, seine Lust genügend anfachen zu können, dass er nicht mehr klar denken konnte. Die gleiche Gefahr drohte aber auch ihr, und vielleicht würde er sie dann hinterrücks töten. Möglicherweise war er so bösartig, Kirche hin oder her, dass er sich daran aufgeilte und sie, kurz bevor sie seinen Schwanz in den Mund nähme, erstechen würde – den Dolch hielt er nämlich noch immer in der Hand.

„Nimm ihn", forderte Melech Diana auf, als sie die Hose mit der Beule seiner Erektion anstarrte. Sie hörte seine Worte, aber viel stärker war seine Energie. Sie hatte noch nicht viel Erfahrung, aber diese Energie unterschied sich gewaltig von den anderen. Sie war wie ein tosender Sturm, kraftvoll, dunkel, animalisch und anziehend. Sie öffnete seine Hose. Sein Penis sprang heraus. Ein Lusttropfen glänzte wie Morgentau auf der Spitze. Nur wenige Zentimeter trennten ihren Mund davon. Sie musste bloß …

„Nicht in den Mund!", wies Melech sie barsch an und drückte den Dolch gegen ihren Hals. „Und wag es nicht, etwas Dummes anzustellen. Ich bin kein Narr. Ich weiß, wie ihr tötet."

Diana spürte die Klinge kalt und drohend an ihrer Kehle. Nur eine falsche Bewegung, und die Spitze würde sich in ihre Haut bohren. Ihre Hand zitterte, als sie die erigierte Männlichkeit umschloss.

„Los!", herrschte Melech sie an.

Diana begann, ihre Hand an seinem Schaft auf und ab zu bewegen. Kälte füllte sie aus, die erwartete Gier und der Hunger waren wie betäubt. Der Mann, der von sich behauptete, im Namen Gottes zu handeln, fühlte sich für Diana an, als würde sie dem Teufel selbst zur Hand gehen.

Melech schloss seine Augen, was Diana nicht sah, da sie selbst die Augen fest zusammenkniff, während ihr Verstand fieberhaft nach einem Ausweg suchte. Erst hörte sie Melech keuchen, dann vernahm sie ein gutturales Knurren.

Gleich wird er kommen, und dann wird er mich töten, ohne dass ich eine Chance hatte …

Plötzlich geschahen mehrere Dinge auf einmal. Diana spürte einen Luftzug und hielt in der Bewegung inne. Ihr Griff um Melechs Geschlecht lockerte sich unbewusst. Melech schrie auf, und sie öffnete ihre Augen, um zu sehen, was vor sich ging.

Erschrocken sprang sie auf, ein Schrei blieb ihr in der Kehle stecken, als sie den riesigen schwarzen Wolf sah, der Melech zu Boden gerissen hatte. Das Tier blickte sich nach ihr um, seine Augen glühten im Schein des Mondes, seine Lefze war hochgezogen und entblößte rasiermesserscharfe Zähne.

„Lasse", flüsterte Diana.

Ein starkes Zittern ging durch den Körper des Tieres, das schwarze Fell verschwand und menschliche Haut kam zum Vorschein. Nackt stand Lasse da.

Dianas Blick fiel auf den am Boden liegenden Melech, der sich langsam aufrichtete und - sehr zu ihrem Erstaunen – in Gelächter ausbrach. Es war ein wütendes und bitteres Lachen zugleich.

„Ich habe schon vernommen, dass du immer noch Hannas Hund bist."

Lasse verpasste Melech einen Tritt in den Bauch. „Nenn mich nicht so!"

„Wie denn sonst, Brüderchen?" Melech funkelte ihn wütend an.

Dianas Mund klappte auf, ihre Kehle fühlte sich wie ausgetrocknet an. „Er ist dein Bruder?", brachte sie mühsam hervor.

„Ja", erwiderte Lasse.

„Er hat mir meine Frau genommen und mein Kind!", brüllte Melech. Mit einem Ruck sprang er auf und warf sich gegen Lasse. Die beiden rollten kämpfend über den Waldboden.

„Geh, Diana!", schrie Lasse und verpasste seinem Bruder einen kräftigen Schlag gegen das Kinn. „Renn!", schrie er erneut, ehe er Melech einen Hieb in den Bauch verpasste. Der Mann der Kirche rührte sich nicht mehr. Lasse erhob sich. Die Haut an seinen Knöcheln war aufgeplatzt und blutete.

„Schnapp dir Balthasar und reite so schnell und weit, wie du kannst."

Sie hörte es, den Blick auf den am Boden liegenden Melech gerichtet, der sich wieder bewegte. Sie wollte es gerade Lasse sagen, als ein Beben durch den Leib des Kirchenmannes ging und er sich ebenfalls in einen Wolf verwandelte, einen grauen, genauso furchteinflößenden Wolf, wie Lasse eben noch einer gewesen war.

„Achtung!", schrie Diana.

Lasse schnellte herum. Der Mannwolf machte einen Satz, sprang ihn an und riss ihn zu Boden.

„Reite!", schrie Lasse, und als sie immer noch wie angewurzelt stehen blieb: „Los!"

Nun kam Leben in Diana. Sie rannte zu den beiden Pferden, die nervös mit den Hufen scharrten. Sie band Balthasar vom Baum los und stieg auf seinen Rücken, schloss ihre Finger fest um die Zügel. Sie sah, wie Lasse sich ebenfalls wieder in einen Wolf verwandelte, sie bemerkte aber auch, dass er bereits einige Verletzungen von Melech davongetragen hatte. Hastig stieß sie die Fersen in die Flanken des Pferdes und galoppierte mit ihm davon, hinein in den Wald. Tief nach vorne gebeugt ritt sie zurück an den Ort, dem sie eigentlich hatte entfliehen wollen.

17. Kapitel

Maximilian hörte die Schreie und das Knurren. Beides ging ihm durch Mark und Bein. Er hatte Mühe, seine Stute im Zaum zu halten, die nervös ihre Ohren bewegte und mit dem Kopf ihre Grenzen auszuloten versuchte.

„Ruhig, Mädchen, ruhig", flüsterte er.

Plötzlich preschte von rechts ein Pferd heran. Verfolgt von einem riesigen Wolf. Der dunkle Hengst bäumte sich auf und warf seinen Reiter ab. Nein, seine Reiterin. Diana! Während ihr Hengst davongaloppierte, versuchte sie, sich vom Boden aufzurappeln. Auf ihrer Stirn prangte eine Platzwunde, und Blut floss ihr die Schläfe und Wange hinunter. Er machte eine weitere Wunde an ihrem Schlüsselbein aus, wo das Blut bereits trocknete.

Der Wolf starrte ihn an. Die blauen Augen des Tieres spiegelten Überraschung wider. Der Prinz war geschockt und verwirrt zugleich. Maximilian zog sein Schwert.

Da brach der Wolf in eine Art Gelächter aus, was Maximilian irritierte, und als sich das Tier in einen Menschen verwandelte, glaubte er, sein geschwollenes Auge würde ihm einen Streich spielen.

„Melech!", entfuhr es ihm.

„Ganz recht." Nackt stand der Kirchenmann vor ihm. „Willst du mir am Ende doch noch helfen im Kampf gegen die Sukkuben?"

„Was bist du?", fragte der Prinz, ohne auf die Frage einzugehen.

„Ein Diener Gottes", lautete die selbstgefällige Antwort. Melech ging auf Diana zu, die es auf die Knie geschafft hatte. Er packte sie an ihrem goldenen Haar. Seinen Dolch hatte er nicht mehr, aber seine menschliche Hand verwandelte sich in eine Pfote mit langen Krallen.

„Lasse!", schrie Diana schrill auf.

„Dein treuer Freund ist tot", lachte Melech.

„Nimm deine Hände von ihr!", schrie Maximilian. Er richtete die Schwertspitze auf Melech.

„Na los, Hoheit, beweise, dass du ein wahrer Prinz bist, rette das Mädchen, aber beeil dich." Melech holte mit seiner Pranke aus. Maximilian gab seiner Stute die Sporen und stürmte voran, so wie er es bei unzähligen Ausbildungsstunden schon gemacht hatte. Nur dass er dieses Mal schwer im Nachteil war. Sein verletztes Bein schmerzte, seine Lungen brannten, und nur mit einem Auge zu sehen, machte die Sache nicht einfacher.

Maximilian schwang das Schwert. Melech ließ Diana los, die nach vorne zu Boden fiel, und machte einen Satz vorwärts. Noch im Sprung verwandelte er sich wieder zurück in einen Wolf. Mit seinem ganzen Gewicht riss er die Stute und Maximilian zu Boden.

Der Schmerz explodierte im Prinzen wie ein Feuerwerk. Kalte Schwärze streckte ihre Finger nach ihm aus, er drohte, ohnmächtig zu werden. Sein Pferd lag auf der Seite, sein Gewicht drückte Maximilians bereits verletzten Fuß und den Unterschenkel ab. Der Wolf hatte der Stute die ganze Seite mit seinen Klauen aufgerissen.

Tränen traten dem Prinzen in die Augen. Er kämpfte gegen die Ohnmacht an und versuchte mit aller Kraft, sich zu befreien. Sein Schwert lag eine Armeslänge von ihm entfernt. Er war verletzt, gefangen und unbewaffnet!

Er hörte Diana aus der Ferne seinen Namen schreien, vernahm die Angst in ihrer hellen, klaren Stimme und er wusste, dass er hier nicht sterben durfte. Er biss die Zähne zusammen und mobilisierte alle verbleibenden Kräfte, und als ob ihm seine Stute helfen wollte, versuchte sie, sich aufzurichten. Es gelang ihr nicht, aber für den Bruchteil einer Sekunde nahm sie ihr Gewicht ein wenig von seinem Fuß. Mit einem Schrei zog Maximilian ihn zurück. Er war frei, aber immer noch zu weit weg, um nach seinem Schwert zu greifen. Er musste aufstehen, konnte nicht, also begann er zu kriechen.

Melech versetzte dem Tier einen letzten tödlichen Hieb, dann kletterte er achtlos über ihren Körper hinweg und grub seine Klaue in Maximilians Wade. Dieser schrie vor Schmerzen auf.

Angst hatte Diana gelähmt. Hatte sie gefangen gehalten wie in einer starken Schicht aus Eis. Doch nun brach das Eis auf, die Angst wich der Wut und neu gewonnenem Mut. Sie sah sich um und entdeckte einen Stein. Er war gerade so groß, dass er gut Platz fand in ihrer Hand. Mit ihm als Waffe rannte sie auf den Wolf zu. Diana sprang ihn von hinten an und schlug mit dem Stein in der einen Hand immer wieder zu, während sie sich mit der anderen in sein langes, zotteliges Fell krallte. Warmes Blut strömte aus der aufgeplatzten Haut hervor, zeigte Diana, dass er trotz seiner Stärke und den scharfen Krallen durchaus sterblich war.

Melech bäumte sich auf, versuchte, sie abzuschütteln. Der Stein fiel ihr aus den Händen, und fast wäre sie selbst vom Rücken des Wolfes gestürzt, sie konnte sich gerade noch festhalten. Aus dem Augenwinkel sah sie, dass Maximilian sein Schwert erreicht hatte und sich nun abmühte, aufzustehen. Sie musste den Wolf weiter ablenken, bohrte einen Finger in die Platzwunde. Melech heulte auf. Er gebarte sich noch heftiger und schleuderte sie von sich. Hart prallte Diana auf dem Boden auf.

Maximilian hatte es geschafft, sich mit erhobenem Schwert dem Kirchenmann zu nähern. Als er die Klinge niedersausen ließ, drehte Melech sich um. Der Stahl des Schwertes drang in die Brust des Wolfes ein. Gleichzeitig verpasste er Maximilian einen halbherzigen Schlag mit der Pfote, denn durch den Treffer war er zu mehr nicht fähig. Trotzdem brachte es Maximilian ins Schwanken. Er ließ das Schwert los.

Der Wolf rollte mit den Augen, heulte und schlug erneut nach dem Prinzen. Ein schriller Schrei erklang. Maximilian wich der Pranke aus, indem er einen Satz nach hinten machte und sich dann besorgt umdrehte, weil er glaubte, der Schrei sei von Diana gekommen. Aber es war Hanna Gothel, die geschrien hatte, und Thomas, der sie stützte und gleichzeitig das schwarze Pferd am Zügel hielt.

„Hinter dir!", schrie Thomas.

Maximilian fuhr herum. Der Mannwolf wollte zum Sprung ansetzen. Der Prinz sprang seinerseits mutig nach vorne und überraschte damit Melech. Er packte das Schwert, das immer noch in der Wunde des Wolfes steckte. Melech verpasste Maximilian einen Schlag gegen den Arm. Das Hemd riss auf und die Haut darunter. Blut quoll hervor. Maximilian biss die Zähne aufeinander, riss das Schwert mit einem Ruck aus der Brust heraus und hob es in dem Moment an, als Melech erneut versuchte, ihn mit seiner Pranke niederzustrecken. Der Prinz ließ die Klinge hinuntersausen und trennte die Pfote ab.

Das Aufheulen des Wolfes verwandelte sich in das wütende, schmerzvolle Brüllen eines Mannes, der schließlich nackt vor den Füßen des Prinzen lag. Die abgetrennte Pranke mit den gefährlichen Krallen war zu einer schmalen, menschlichen Hand geworden, und die Wunde in der Brust blutete stark.

Hanna rannte herbei. Mit weit aufgerissenen Augen starrte sie den Mann vor sich am Boden an. Dieser blickte hoch zu ihr.

„Ich hasse dich!", zischte er. „Verdammt seist du, du Hure des Teufels."

Tränen traten Hanna in die Augen. Der sterbende Melech verschwamm vor ihren Augen, seine Worte hallten in ihren Ohren nach und weckten die Erinnerung in ihr, die sie am tiefsten von allen begraben hatte. Melechs trauriges Gesicht, als er erfuhr, dass sein Kind gestorben war. Gemeinsam hatten sie sich weinend in den Armen gelegen. Hanna, weil sie um ihre Schuld wusste, und Melech, weil er die Tochter betrauerte, das er niemals in den Armen halten konnte. Leichtfertig hatte sie das Leben des ungeborenen Kindes aufs Spiel gesetzt, und sie fühlte sich schuldig für das, was sie getan hatte.

Maximilian keuchte. Das Schwert rutschte ihm aus der Hand. Das Adrenalin, das ihn getrieben und seine Schmerzen betäubt hatte, verflüchtigte sich. Er kippte nach vorne und fiel zu Boden.

„Maximilian!", rief Diana und rappelte sich auf, um zu dem Mann zu rennen, der gekommen war, sie zu retten. Der Mann, der ihr Herz berührt hatte … Sie ließ sich neben ihn nieder, nahm ihn in die Arme. Seine Lider flatterten wie die Flügel von Schmetterlingen. Er hatte ein zugeschwollenes Auge und zahlreiche Wunden, und trotz allem fand Diana ihn wunderschön, vollkommen. Da begriff sie, wie sehr sie ihn liebte. Wahrlich und um seiner selbst wegen liebte, und nicht nur, weil er hübsch anzuschauen war. Sie würde immer an seiner Seite bleiben wollen, und wenn es sein müsste, würde sie alles geben, damit es ihm gut ging.

„Bleib bei mir, bleib bei mir", flüsterte sie. Dianas Blick schweifte über seine Verletzungen, und Angst umschloss ihr Herz wie eine eiserne Faust. „Du darfst nicht sterben! Hörst du!"

Maximilians Mundwinkel zuckten. Er hob seine Hand, streichelte ihre Wange und flüsterte: „Da bist du ja … endlich!" Und dann schlossen sich seine Augen.

Tränen rollten über Dianas Wangen. „Nein, nein, Maximilian, bleib wach, bleib bei mir!"

„Lass mich sehen", sagte Hanna sanft und ließ sich neben ihrer Ziehtochter nieder.

Dianas Puls beschleunigte sich. Hoffnung flammte in ihr auf. „Kannst du ihn verwandeln?"

Hanna schüttelte den Kopf. „Der Kuss kann nur einmal vergeben werden, und nur von Frau zu Frau."

Diana schloss ihre Hände zu Fäusten. Ihre Hoffnung erstickte augenblicklich im Keim.

Hanna untersuchte die Wunden, fühlte den Puls des Prinzen und meinte schließlich: „Wir müssen ihn sofort nach Hause bringen und seine Verletzungen behandeln."

„Wird er überleben?" Dianas Stimme war nur ein Flüstern. Ihr Herz verkrampfte sich schmerzlich in der Brust. Sie hatte Angst vor der Antwort.

„Ich hoffe es", erwiderte Hanna. An Thomas gewandt sagte sie: „Hilf mir, ihn aufs Pferd zu heben."

Der Angesprochene eilte herbei. Mit vereinten Kräften schafften sie es, den bewusstlosen Prinzen auf den Rücken von Luzifer zu hieven.

„Ich wünschte, Lasse wäre hier", sagte Hanna.

Ihre Worte waren wie ein Faustschlag in den Magen für Diana. Hanna wusste es noch nicht, konnte es gar nicht wissen. „Er ist tot", stieß sie aus.

Hanna wirbelte herum. Ihr Gesicht war bleich wie Elfenbein im Mondschein. „Was?"

„Melech hat gesagt, er habe ihn getötet."

„Nein, das kann nicht sein!" Hanna schüttelte den Kopf. „Wo ist er?"

Als Diana nicht sofort antwortete, packte Hanna sie bei den Schultern. „Wo ist er?"

„Sie haben gekämpft, dort hinten." Sie zeigte in die entsprechende Richtung.

Hanna rannte los. Diana drehte sich zu Thomas um, der Luzifer am Zügel hielt. „Bring ihn nach Hause. Hanna und ich kommen gleich nach." Sie beschrieb Thomas, wie er das Haus finden würde, und rannte dann hinter ihrer Ziehmutter her.

Hanna fiel auf die Knie, als sie Lasse nackt und voller Blut am Boden liegen sah. Tränen traten ihr erneut in die Augen. Sie strich Lasse das Haar aus der Stirn und glaubte, ihr würde der Boden unter den Füßen weggezogen. Gleichzeitig spürte sie einen stechenden Schmerz in ihrem Herzen. Jenem Herzen, von dem Lasse behauptet hatte, es sei von einer Eisschicht umgeben. Aber von dieser Eisschicht spürte sie nichts. Die Trauer um Lasse war überwältigend, und noch viel schlimmer war, sich bewusst zu werden, dass er ihr fehlen würde. Ihr Fels in der Brandung! Ohne ihn fühlte sie sich unvollständig.

Die Tränen trockneten bereits auf ihren Wangen, als sie begriff, dass sie ihn liebte. „Nein, nein, nein", flüsterte sie und beugte sich über den Leichnam.

„Hanna, es tut mir so leid." Diana legte ihr eine Hand auf den Arm.

Nach einer Weile richtete Hanna sich auf, straffte die Schultern und sagte mit fester Stimme: „Mir tut es leid. Ich habe alles falsch gemacht, was ich falsch machen konnte, aber ich will das ändern. Los, lass uns den Prinzen retten."

Dianas Tränen der Rührung ergriffen Hanna. Eine Welle der Zuneigung durchströmte sie, und während sie ihre Ziehtochter von dem Leichnam wegführte, spürte sie eine Wärme in ihrem Herzen, die sie schon lange nicht mehr wahrgenommen hatte. Sie wünschte sich, Lasse wäre noch am Leben, um zu sehen, dass sie das Richtige tat.

18. Kapitel

*D*ianas Herz schlug wild in ihrer Brust, als sie den blassen Prinzen in Lasses Bett liegen sah. Er hatte mehr Ähnlichkeit mit einem Toten, und das machte ihr Angst. Immer wieder tastete sie nach seinem Puls am Handgelenk, während Hanna eine Kräutersalbe auf die Wunden auftrug. Indes tigerte Thomas nervös auf und ab. Immer wieder fuhr er sich durchs Haar.

„Setz dich hin oder geh nach draußen", blaffte Hanna ihn nach einer Weile an, und Diana war ihr dankbar dafür.

„Tut mir leid", sagte Thomas. „Ich geh raus." Mit schnellen Schritten eilte er aus dem Raum.

Diana sah ihm hinterher, bis sie die Tür zuschlagen hörte. Dann erst fragte sie: „Wer ist eigentlich dieser Mann? Er scheint Maximilian zu kennen?"

„Er ist sein Freund", antwortete Hanna. „Wir sind uns im Gasthof zufällig begegnet. Er hat mich erkannt aufgrund eines Bildes, das Melech ihm und dem Prinzen gezeigt hat."

„Hanna, war dieser Melech wirklich dein Mann?" Diana, auf einem Stuhl sitzend neben dem Bett, verkrampfte ihre Hände im Schoß.

Ihre Ziehmutter lehnte sich an die Wand. Sie wirkte müde. „Ja."

„Und mit ihm hattest du ein Kind?", fragte Diana sachte.

„Ich war schwanger, als ich in einen Sukkubus verwandelt wurde. Diese Verwandlung hat unser Kind – unsere Tochter – getötet." Tränen traten in ihre Augen. Sie wischte sie mit einem Finger weg. „Melech trug mich nach dem Verlust auf Händen, versuchte, mich aufzumuntern, sagte, wir könnten es ja wieder versuchen, aber ich wusste, dass ich nie wieder schwanger werden würde. Melech gehörte dem Acranum-Orden an, das wusste ich damals nicht. Ich wusste nicht einmal um dessen Existenz. Er bemerkte mein seltsames Verhalten und beschattete mich zusammen mit seinem Bruder – Lasse. Sie erwischten mich, als ich einen Mann tötete. Melech hätte mich fast umgebracht, aber Lasse ging dazwischen und rettete mich." Hannas Körper wurde von einem Weinkrampf durchgeschüttelt.

Diana stand auf, um sie in den Arm zu nehmen. Nun fügte sich das Bild langsam zusammen. Sie wünschte sich, Hanna hätte ihr schon viel früher alles erzählt.

„Lasse hat dich damals schon geliebt", stellte sie fest.

„Ja", bestätigte Hanna. „Er folgte mir wie ein dummer Welpe überall hin." Sie lachte bitter auf und löste sich aus der Umarmung.

„Hast du denn nie etwas für ihn empfunden?" Diana verschränkte die Arme vor der Brust.

„Ich wollte mich nicht mehr verlieben", antwortete Hanna. „Und ich genoss es, die jungen Männer zu verführen und sie zu töten. Ich genoss es zu sehr. Die einzige zweite Chance, die ich wollte, war ein Kind. Deswegen habe ich dich zu mir genommen. Ich wollte dich vor einer Frau retten, die ihr Kind für die Liebe eines Mannes opferte. Vielleicht, weil ich zu viel von mir selbst in ihr sah …" Hanna seufzte schwer. „Ich bin kein guter Mensch, meine kleine Rapunzel. Ich werde wohl auch kein besserer werden. Ich hätte auch diesen hübschen Thomas verführt, wenn er mich nicht vor Melech gewarnt hätte."

Diana presste die Lippen zu einer schmalen Linie zusammen. Sie wusste nicht, was sie sagen sollte. Ihre Gedanken schwirrten wie ein Schwarm Wespen umher.

„Ich verlange nicht, dass du mich verstehst", sagte Hanna sanft. „Manches würde ich heute anders machen, anderes genauso."

Einen Moment lang spielte Diana mit dem Gedanken, nachzu-haken, was Hanna denn anders machen würde, aber dann wurde ihr bewusst, dass es ihr vielleicht nicht gefallen würde, was sie darauf antworten könnte.

„Liebst du ihn von ganzem Herzen?", fragte Hanna und deutete mit dem Kinn auf den schlafenden Prinzen.

Diana setzte sich auf die Bettkante. „Ja, ich liebe ihn von ganzem Herzen." Zärtlich strich sie Maximilian eine Haarsträhne aus der Stirn.

„Und denkst du, dass er dich genauso liebt?", fragte Hanna weiter.

Diana lächelte. „Aber ja. Er hat mich gerettet."

Hanna nickte. „Die wahre Liebe, Diana, ist die stärkste Magie dieser Welt. Mir, ehrlich gesagt, hat sie immer Angst gemacht." Mit diesen Worten drehte sie sich ab und ließ Diana mit dem Verletzten alleine.

Die Dunkelheit war ein Hafen der Geborgenheit gewesen, frei von Schmerzen, doch als Maximilian nun seine Augen aufschlug, tat ihm alles weh. Blinzelnd schaute er sich im Raum um. Er sah die Balken an der Decke, die weiß getünchten Wände, die Holzmöbel und schließlich Diana. Sein Herz machte einen freudigen Satz und ein amüsiertes Lächeln stahl sich auf seine Lippen. Diana schlief sitzend, den Mund leicht geöffnet.

Er richtete sich mit zusammengebissenen Zähnen auf, als ihn ein Schmerzblitz in der Seite durchfuhr und ihm ein gequälter Laut über die Lippen kam.

Augenblicklich war Diana wach. Als sie ihn aufgerichtet im Bett sah, sprang sie von ihrem Stuhl auf. Sie strahlte über das ganze Gesicht. „Du bist wach, endlich! Wie geht es dir?" Sie setzte sich auf die Bettkante.

Maximilian stellte fest, dass sein geschwollenes Auge nicht mehr so geschwollen war, da er recht gut sehen konnte. Was bedeutete, dass er eine ganze Weile bewusstlos gewesen sein musste.

„Wie lange habe ich geschlafen?"

„Mehrere Tage", erwiderte Diana. Ihre Stimme war glockenhell und voller Zuneigung, sodass Maximilians Herz vor Wärme glühte. Sie war wunderschön und voller Güte, die er in ihren blauen Augen erstrahlen sah.

„Wie ist das möglich?", wunderte er sich.

„Hanna hat dir etwas gegeben, damit dein Körper sich ausruhen kann und gleichzeitig die Selbstheilung anregt."

Maximilian krauste die Stirn: „Etwas Magisches?"

Diana schüttelte lächelnd den Kopf. „Kräuter aus dem Wald und von der Wiese. Sie hat dir auch Umschläge auf deine Verletzungen getan. Die Wunden heilen gut."

„Danke", sagte Maximilian und fügte hinzu: „Dir und Hanna." Er ergriff Dianas Hand und drückte sie sanft.

„Ich habe dir zu danken. Du hast mich gerettet. Nun solltest du dich wieder hinlegen", meinte Diana und drückte den Prinzen mit beiden Händen sanft zurück. Maximilian ließ es geschehen. Er genoss ihre Berührung, die Wärme ihrer Hände.

„Daran könnte ich mich gewöhnen", meinte er, als sein Kopf wieder das Kissen berührte.

„Woran? Mich zu retten?", fragte Diana überrascht.

„Dich als Erstes zu sehen, wenn ich erwache."

Errötend senkte Diana ihren Blick, während sie sich versonnen durch das goldene Haar strich.

Maximilian sah ihr dabei verträumt zu, bis ihm mit Schrecken einfiel: „Thomas!" Er richtete sich ruckartig wieder auf. Schmerz schoss durch seinen ganzen Körper, und er ächzte. Diana schüttelte das Kissen hinter seinem Rücken so zurecht, dass er stabiler sitzen konnte.

„Ich habe meinen Freund Thomas angewiesen, meinen Vater zu verständigen, wenn ich bis Sonnenaufgang nicht zurück bin. Vermutlich ist der schon mit einer ganzen Armee …"

Diana legte ihm kurz den Zeigefinger auf den Mund. Ihre Berührung sandte köstliche Schauer durch seinen Körper, direkt in seine Lenden hinunter. Er nahm ihren Geruch wahr, der ihn betörte, und die Wärme ihres Körpers.

„Thomas ist hier." Diana erzählte ihm, was sich zugetragen hatte.

„Gott sei Dank", meinte Maximilian erleichtert. Der Gedanke, sein Vater könnte hier auftauchen, verursachte ihm Bauchschmerzen. Er war der Letzte, den er im Moment sehen wollte. Rasch verbannte er diese Vorstellung aus seinen Gedanken.

„Thomas will mit dir aufbrechen, sobald du gesund genug bist."

Maximilian streckte seine Hand aus, um Dianas Wange zu berühren. „Ich glaube, meine Genesung wird sicher noch etwas andauern, was meinst du?", fragte er mit einem schelmischen Grinsen.

Diana kicherte. „Ich hoffe es."

Eine Frage brannte Maximilian auf der Zunge, aber er fürchtete sich davor, sie zu stellen. Also schwieg er und genoss einfach ihre Anwesenheit. Prägte sich ihre zarten Gesichtszüge ein, die Grübchen in den Wangen, wenn sie lächelte, und das Strahlen in ihren Augen.

„Wie ist es, ein Prinz zu sein?", fragte Diana.

Maximilian rollte mit den Augen. „Du solltest mich besser fragen, wie es ist, der Sohn eines Königs zu sein."

Süße Falten bildeten sich über ihrer Nasenwurzel, als sie ihn fragend anblickte.

„Mein Vater ist ein sehr gewissenhafter und ehrgeiziger Mann. Er hat hohe Anforderungen an sich selbst und auch an seine Söhne."

„Erzähl mir, wie es ist, einen Bruder zu haben. Ist er älter? Jünger? Wie sieht euer Schloss aus? Hast du viele Bedienstete? Was machst du am liebsten? Wer hat dich gelehrt, so mit dem Schwert umzugehen?"

Maximilian lachte. „So viele Fragen auf einmal. Ich weiß gar nicht, wo ich anfangen soll."

„Erzähl einfach", meinte Diana.

„Aber nur unter eine Bedingung", verkündete Maximilian.

„Und die wäre?"

„Du erzählst mir auch von dir. Ich möchte dich so gern näher kennenlernen."

Dianas Augen verdunkelten sich einen Herzschlag lang. Der Prinz glaubte, darin Angst zu sehen, oder vielleicht bildete er es sich ja auch nur ein. Er hoffte es, denn wenn diese Angst real war, dann ahnte er die Ursache. Rasch schob er den bösartigen Gedanken zur Seite. Er wollte nicht daran denken. Daran und an die Konsequenzen. Also begann er zu erzählen.

Er sprach so lange, bis Hanna ohne zu klopfen eintrat. Ihr Auftauchen war wie das Eintreffen des Winters, kühl und distanziert. Sie bat Diana zu gehen. „Er braucht Ruhe."

Widerwillig stand die junge Frau auf. Im Türrahmen blieb sie stehen und blickte Hanna fragend an.

„Ich habe mit Seiner Hoheit noch unter vier Augen zu reden", sagte sie.

Frost lag in ihrer Stimme, sodass der Prinz sich fragte, warum sie ihn überhaupt pflegte. Er sah zu Diana, sah die Zuneigung für ihn, die buchstäblich in ihrem Gesicht geschrieben stand. In seinem Bauch flatterten Schmetterlinge. Sie tat es für Diana, nicht für ihn.

„Wenn du uns also alleine lässt …", sagte Hanna.

Diana folgte der Aufforderung mit einem Nicken.

„Legt Euch wieder hin", wies Hanna den Prinzen an und half ihm dabei. „Ich danke Euch, dass Ihr Diana gerettet habt. Sie ist mein Ein und Alles." Hanna begann, seine Verbände zu wechseln.

„Wenn ihr etwas passiert wäre, dann hätte ich mir das nie verzeihen können. Diana ist etwas ganz Besonderes."

„Das ist sie", bestätigte Hanna. „Deswegen muss Euch auch klar sein, dass Ihr, sobald Ihr gesund seid, gehen müsst. Ohne Diana." Sie taxierte den Prinzen mit ihren grauen Augen.

Ein kalter Schauer jagte seinen Rücken hinunter. Was sollte er darauf erwidern?

„Es gibt keine gemeinsame Zukunft für Euch, das wisst Ihr genau. Nicht nur, weil sie nicht von Eurem Stande ist."

Die Schmetterlinge in Maximilians Bauch froren ein. Ja, er wusste es, aber es nun noch aus einem anderen Mund als Thomas' zu hören, machte es schrecklicher und wahrer als je zuvor.

„Ihr seid noch zu jung zum Sterben", fuhr Hanna fort.

Maximilian fühlte sich wie gelähmt. Es war eines, etwas zu vermuten und sich selbst immer schönzureden und mit Hoffnung zu übertünchen, aber dann die Wahrheit zu hören, von der Frau, die Diana großgezogen hatte, war etwas anderes.

„Schaut nicht so entsetzt, süßer Prinz." Hanna legte ihm eine Hand auf den Oberschenkel. „Was Ihr zu fühlen glaubt für Diana, ist nur eine Täuschung." Ihre Hand wanderte weiter hinauf. Entsetzt hielt Maximilian die Luft an.

„Wir Sukkuben verströmen einen Wohlgeruch, der die Männer anzieht und manche sogar glauben lässt, sie würden uns lieben." Ihre Hand wanderte noch etwas höher, zu weit hinauf für Maximilian. Er packte sie am Handgelenk.

„Dein Odeur hat aber keine Wirkung auf mich", schnaubte er.

Hannas Gesicht war nur wenige Zentimeter von seinem entfernt. „Oh, ich denke, ich hätte Euch schon noch so weit gebracht, dass Ihr Euren Schwanz in mich gesteckt hättet. Am Ende tun sie es alle." Sie lachte und hauchte ihm einen Kuss zu, der fast seine Lippen streifte.

„Du täuschst dich!" Maximilian ließ ihr Handgelenk abrupt los.

Hanna richtete sich auf. Mit beiden Händen strich sie ihr Kleid glatt. Sie lächelte. In diesem Lächeln lag aber nichts Hämisches, nichts Bösartiges – im Gegenteil. „Ihr liebt sie."

„Ja, ich liebe Diana über alles. Ich habe mich in sie verliebt, als ich sie zum ersten Mal im Wald gesehen habe, als ich noch gar nicht wusste, dass man sich verlieben kann." Maximilian erzählte von ihrer ersten Begegnung und wie er danach in all den Jahren immer an sie denken musste.

Hanna seufzte. „Das sind schöne Worte, doch wie stellt Ihr Euch eine Zukunft mit ihr vor? Ihr könnt ihr nie so nah sein, wie es Euch, als ihr Gatte, eigentlich zustehen würde. Sie kann Euch keine Kinder gebären und somit auch keinen Thronfolger."

„Ich werde auf den Thron verzichten", eröffnete Maximilian. „Ich wollte ihn nie."

„Das ist schade", meinte Hanna.

„Wieso?"

„Weil Ihr ein guter König wärt." Hanna lächelte und fügte hinzu: „Trotzdem bleibt ein großes Problem bestehen. Diana muss Männer töten, um leben zu können."

In Maximilian krampfte sich alles zusammen. Sich Diana mit anderen Männern vorzustellen, das verursachte ihm Übelkeit. „Ich werde einen Weg finden, sie wieder zu einem Menschen zu machen", brachte er hervor.

Hanna legte ihm eine Hand auf die Schulter. „Jetzt solltet Ihr Euch erst einmal ausruhen, Prinz Maximilian."

Er nickte. Zu mehr war er nicht imstande. Er war noch nicht völlig genesen, und Hannas widersprüchliches Verhalten machte ihm zu schaffen. Hatte sie ihn nur prüfen wollen?

„Warte!", rief er, als sie die Tür öffnen wollte.

Sie drehte sich mit einem fragenden Blick zu ihm um.

„War das ein Test, ob ich Dianas würdig bin?"

Mit einem Lächeln nickte sie.

„Gibt es vielleicht noch einen Rat, den du mir mit auf den Weg geben willst?", fragte er.

„Denselben, den ich bereits Diana gegeben habe: Die wahre Liebe ist die stärkste Magie dieser Welt." Mit diesen Worten verließ Hanna das Zimmer.

Epilog

*D*iana hatte sich ausgemalt, wie es sein würde, mit Maximilian wegzugehen, das Glück, das sie dabei empfinden würde. Aber jetzt, wo sie sich von dem Haus entfernte, in dem sie aufgewachsen war, fühlte es sich seltsam an. Wehmut erfüllte sie, Glück auch, weil sie den Mann, den sie liebte, an ihrer Seite wusste, und trotzdem schwang auch etwas Angst bei jedem Schritt mit. Maximilian war voller Hoffnung, einen Weg zu finden, aus ihr wieder einen Menschen zu machen, und sie? Sie fürchtete sich davor, was passieren würde, wenn es keine Möglichkeit gab. Würde Maximilian sich dann irgendwann doch von ihr abwenden? Sie könnte es ihm nicht verdenken. Sie würde sich nie mit ihm vereinen können, keine Kinder bekommen und das Schlimmste: Sie würde sich mit anderen Männern einlassen – immer und immer wieder.

Hanna hatte sie zum Abschied umarmt und ihre Ängste versucht zu zerstreuen. „Lass es einfach geschehen und denk an meine Worte über die Liebe." Sie hatte gelächelt, aber gleichzeitig standen Tränen in ihren Augen, als sie Diana angeblickt hatte.

„Kommst du alleine zurecht?", hatte Diana gefragt.

„Der Jüngling hat versprochen, mich zu besuchen. Ich glaube, er hat Todessehnsucht."

Erschrocken hatte Diana ihre Ziehmutter angesehen. Ihr war aufgefallen, dass Thomas in den Tagen, in denen er mit ihnen unter einem Dach lebte, sehr angetan gewesen war von Hanna. Auch Maximilian hatte es bemerkt und seinen Freund schließlich nach Hause geschickt. Thomas hatte widerwillig gehorcht und lamentiert, der König würde ihn bestrafen, wenn er nicht verraten würde, wo Maximilian sich aufhielt.

„Sag ihm einfach, dass du es nicht weißt", hatte der Prinz seinem Freund vorgeschlagen.

Nach einigem Hin und Her war Thomas schließlich abgereist.

„Schau nicht so, kleine Rapunzel", hatte Hanna ihre Ziehtochter aus ihren Gedanken gerissen.

„Ich heiße Diana."

Hanna küsste sie auf die Stirn. „Für mich wirst du immer Rapunzel sein."

Maximilian wartete mit Balthasar in einiger Entfernung. Als sie auf ihn zuging, schlug ihr Herz erst schnell, doch je näher sie ihm kam, umso ruhiger wurde ihr Puls, und als er ihr schließlich auf das Pferd half, wusste sie, dass sie angekommen war. Angekommen in ihrem neuen Leben.

„Wohin möchtest du?", fragte Maximilian, als er sich hinter sie setzte.

„Mmh …"

„Willst du das Schloss sehen?"

Diana schmiegte sich an den Prinzen. „Ganz ehrlich?"

„Ich bitte darum!"

„Das Schloss interessiert mich nicht. Ich möchte erst einmal etwas Zeit mit dir alleine genießen."

„Ich hatte gehofft, dass du das sagst", grinste Maximilian und fügte hinzu: „Hast du schon einmal das Meer gesehen?" Er drückte seine Fersen in die Flanken des Pferdes. Sofort setzte Balthasar sich in Bewegung.

„Nein, noch nie", erwiderte Diana.

„Wollen wir uns dorthin auf den Weg machen?"

„Ja", hauchte sie.

An diesem Tag ritten sie, bis es dunkelte. In einem kleinen Gasthof fanden sie ein Zimmer.

Diana konnte sich nicht erinnern, jemals so dankbar für ein Bett gewesen zu sein. Ihre Glieder fühlten sich bleiern an, und ihre Augenlider fielen fast von selbst zu. Es war ein aufregender Tag gewesen. Der Aufbruch von zu Hause und der lange Ritt.

Maximilian öffnete ihr Kleid und schob die Träger über ihre Schultern, sodass das Kleid an ihrem Körper hinuntergleiten konnte. Diana trat heraus, nur mit Unterkleid bekleidet, und legte sich in das Bett.

Maximilian zog sich bis auf die Brouche aus.

Dianas Herzschlag beschleunigte sich, als sie den Prinzen so sah. In ihren Träumen hatte sie ihn schon gesehen, nackt sogar, aber ihn nun in Fleisch und Blut vor sich stehen zu haben, war anders – wundervoller. Im Bett schmiegten sie sich aneinander. Maximilian hielt sie von hinten in seinen starken Armen.

„Bist du glücklich?", fragte der Prinz.

„Ja", hauchte Diana. „Und du?"

„Ja, ich bin sehr glücklich", erwiderte er.

Diana drehte sich zu ihm um. Ihre Gesichter waren nah beieinander. Sie spürte seinen Atem auf ihrer Haut.

„Wenn ich meine Augen schließe", sagte Diana und tat genau das, „dann spüre ich noch immer deinen Kuss auf meinen Lippen. Damals im ..." Sie konnte ihre Worte nicht zu Ende bringen, weil Maximilian seinen Mund auf den ihren drückte.

Ein wohliger Schauer jagte Dianas Rücken hinunter. Sie wollte ihn von sich stoßen, konnte es aber nicht. Der Kuss war wundervoll. Süß und voller Versprechen.

„Ich liebe dich so sehr, Diana", flüsterte Maximilian, als er kurz innehielt.

„Wir ... du solltest ..." Weiter kam sie nicht, denn der Prinz verschloss ihre Lippen erneut mit den seinen.

Und als sich ihre Zungen dieses Mal berührten, war es wie ein köstlicher Blitzschlag. Panik keimte in Diana auf. Sie wollte Maximilian nicht aussaugen und – töten. Das durfte nicht geschehen!

„Nicht! Maximilian, es ist zu gefährlich", keuchte sie, als sie den Kuss abbrach. Es hatte sie viel Kraft gekostet, sich nicht einfach der aufflammenden Lust hinzugeben.

„Es ist nichts passiert", meinte Maximilian. Zärtlich zeichnete er die Konturen ihrer Lippen mit dem Zeigefinger nach.

„Noch nicht."

Er ließ seine Finger über ihren Hals wandern, streichelte über ihr Schlüsselbein und die feine Narbe, dabei streifte er ihr die Träger ihrer Unterwäsche über die Schultern. „Ist Liebe wirklich Magie, was glaubst du?", fragte er.

Diana runzelte die Stirn. Die Worte weckten Erinnerungen in ihr.

Der Prinz küsste ihren Hals, ihre Schultern, während seine Hand sich um ihre linke Brust schloss. Dianas Puls beschleunigte sich. Sie wollte ihn so sehr, dass es fast schon schmerzte.

„Was glaubst du, Diana, ist es so?", wiederholte er, als er ihr das Beinkleid auszog. Ein Teil von ihr wollte lauthals protestieren, der andere wollte ihm die Brouche vom Leib reißen und sich mit ihm vereinen. Ihn in sich aufnehmen.

„Ich kann gerade nicht klar denken", keuchte sie auf, als seine rechte Hand an ihrem Bauch hinunterglitt.

„Wir sollten aufhören, Maximilian." Diana sprach es und zerrte an der Brouche, bis sie ihn ihrer entledigt hatte. Groß und hart sprang sein Penis hervor. Diana fühlte sich in ihre Träume zurückversetzt.

„Ich kann und will nicht", flüsterte Maximilian in ihr Ohr, ehe er zwischen ihren Beinen verschwand und ihre Knospe mit seiner Zunge liebkoste. Diana stöhnte auf. Sie schloss ihre Augen und gab sich dem Höhepunkt hin, der ihren Körper erbeben ließ, als Maximilian zwei Finger in sie einführte.

„Ich liebe dich, Diana." Er sah lächelnd zu ihr hoch.

„Und ich liebe dich", erwiderte Diana. Sie setzte sich auf. Küsste ihn auf den Mund.

Maximilian ergriff sie an ihrem Po, hob sie in die Höhe und ließ sie langsam auf seinen erigierten Penis absinken. Als er in sie eindrang, fühlte es sich für Diana wie ein Feuerwerk in ihrem Körper an. Sie keuchte auf, drückte ihre Hüfte stärker gegen ihn. Seine Umarmung verstärkte sich, als Diana sich langsam auf und ab bewegte.

Er stöhnte. „Küss mich!", rief er.

Diana folgte seiner Aufforderung, presste ihre Lippen auf die seinen. Er öffnete seinen Mund, ließ ihre Zunge ein, und als sich ihre Zungenspitzen berührten, spürte Diana Maximilians Begehren und seine Zuneigung. Sie war warm wie die Sonnenstrahlen eines Sommers und überwältigend.

Ich werde ihn töten, schoss es ihr durch den Kopf. *Und ich kann nicht aufhören.*

Maximilian beendete den Kuss, um sich ihren Brüsten zu widmen. Erst küsste er die rechte Brustwarze, dann die linke. Neckte sie mit seiner Zunge und den Zähnen.

Diana stöhnte, drückte sich noch fester auf seinen Schwanz. Er füllte sie voll und ganz aus. Und dann ging ein heftiges Beben durch Maximilians Körper und kurz darauf durch Diana. Fast zeitgleich stöhnten sie auf.

Verschwitzt und glücklich lehnten sie aneinander, ließen sich zurück auf die weiche Matratze fallen.

Diana lachte erleichtert auf. „O Gott, ich dachte, ich würde sterben."

Maximilian stimmte in ihr Lachen ein. „Ich auch."

„Aber wir leben noch. Beide." Diana stützte sich seitlich auf.

„Weil Liebe Magie ist", lächelte der Prinz geheimnisvoll.

Plötzlich fiel es Diana wie Schuppen von den Augen.

„Hanna! Es war Hanna, die das sagte", erinnerte sie sich wieder.

„Es war ihr Rat an mich", erklärte Maximilian. „Und ich erinnere mich an die Worte von Friedrich, Hannas Bruder. Er hat was Ähnliches über die Liebe gesagt."

Diana lehnte ihren Kopf an seine Brust. „Jetzt verstehe ich, warum sie sich nicht verlieben wollte. Es war ihr wichtiger, ein Sukkubus zu bleiben." Trauer und Mitleid erfüllten Diana. Mitleid darüber, was Hanna verpasste. „Wie kann ihr das wichtiger sein?", fragte sie Maximilian kopfschüttelnd.

Der Prinz legte seinen Arm um Diana. „Ich verstehe es nicht, aber ich denke, das spielt auch keine Rolle. Sie hat ihren Weg gewählt und wir den unseren."

Diana löste sich aus seiner Umarmung und richtete sich auf. „Ich bin so glücklich." Sie lächelte.

Er erwiderte ihr Lächeln. „Ich auch."

ENDE

Danksagung

ch kann mich noch erinnern, wie ich einem Arbeitskollegen von meiner Idee erzählte, das Märchen von Rapunzel aufzugreifen und in eine erotische Liebesgeschichte zu verpacken. Er fand die Idee gut und motivierte mich. Danke Olinto. Ich danke auch Daniela dafür, dass sie das Exposé las und mir wichtige Tipps gab.

Mein herzlicher Dank geht an Sandra Schmidt. Dank ihr hat eine wichtige Figur das Ende der Geschichte überlebt. Herzlichen Dank für deine wertvollen Inputs. Ein weiteres sehr großes Dankeschön geht an Sabine Dreyer, deren Adleraugen nichts entgeht. Vielen lieben Dank an Wolma Krefting, es ist immer eine Freude, mit dir zusammenzuarbeiten.

Die Autorin

Lilly-Grace Turner schreibt seit ihrer Kindheit. Manchmal unter ihrem echten Namen, manchmal unter Pseudonym.

Sie wohnt in einer kleinen, touristischen Stadt auf dem Planeten Erde.

www.lillygraceturner.com

Im Tempus Logus Verlag erschienen

Seit sie denken kann, fühlt sich die 17-jährige Tallulah von der Nacht angezogen: Wenn es dunkel wird, schlendert sie durch den Park oder besucht die Spätvorstellung im Kino – heimlich natürlich, denn ihr überfürsorglicher Vater würde das niemals erlauben: Vielleicht zurecht, denn eines nachts wird sie auf einem solchen Streifzug überfallen und erst in letzter Sekunde vom geheimnisvollen Zacharias Leopold gerettet, der behauptet, ein Vampyyri zu sein.

Trotz seiner kauzigen Art ist er Tallulah sympathisch, doch ein Widersehen ist ausgeschlossen, wie er sagt – schliesslich sei sie eine der verfeindeten Yövaeltaja.

Kein Mann ist der schönen und verwöhnten Prinzessin Alina gut genug, sehr zum Unmut ihres Vaters. Dieser verheiratet sie in seiner Verärgerung an einen mittellosen Spielmann, den er für mutig genug hält, mit seiner widerspenstigen Tochter umzugehen.

Und so muss Alina die Geborgenheit des Schlosses verlassen – an der Seite eines Mannes, den sie unausstehlich findet, um zu lernen, wer sie ist und was ihr wirklich etwas bedeutet im Leben.

Nach dem plötzlichen Tod ihres Vaters wachsen die Geschwister Johannes und Julia bei ihrer Stiefmutter und deren Tochter auf. Die innige Beziehung der Geschwister ist der eifersüchtigen Violetta ein Dorn im Auge und sie versucht mit einer Lüge, Johannes für sich zu gewinnen. Aber ihr Plan scheitert. Sie zieht den Zorn ihrer Mutter auf sich, die Johannes in ein Reh verwandelt und die Jugendlichen fortjagt. Brüderchen und Schwesterchen finden zwar im Wald Zuflucht, aber sie ahnen nicht, wie weit Violetta gehen würde, um Johannes zu besitzen.

Können Brüderchen und Schwesterchen der skrupellosen Violetta entkommen und den Fluch brechen? Ein mitreissendes Märchen über die zerstörerische Kraft und die heilsame Macht der Liebe.

Alma lebt mit ihrer Familie in dem kleinen Bündner Bergdorf
Affeier. Das Leben in den 30er Jahren ist nicht immer einfach.
Alma ist klein und schmächtig. Doch jeder der sie kennt, weiss
was in ihr steckt. Sie ist ein Kind der Berge, wild und zäh wie die
Natur, frei wie der Wind, stark und ausdauernd wie ein Wildbach,
mit dem Kopf voller Flausen.